探偵はパシられる　カモシダせぶん

A DETECTIVE ALWAYS RUNS ERRANDS FOR HIS BOSS.

KAMOSHIDA SEVEN

PHP

探偵はパシられる

目次

装丁　太田規介（BALCOLONY.）
装画　田中寛崇

ファーストカツアゲ

廊下《ろうか》で女子がヒソヒソ話をしてるのが耳に入ってくる。

「ねぇ、あの男子目つきヤバくない？」

「なんか今日転校してきたんだって」

「えー、またヤンキーじゃん、ホントうちってガラ悪いよねー」

オレのことだな。よしよし、成功してる。自分の生徒手帳を確認する。神奈川県立N高校、三年、原田広志《はらだひろし》。生徒手帳に載ってる写真もあえてガン飛ばしてる感じにした。

千葉から転校してきて初日、この初日が大事なんだ。絶対舐《な》められちゃいけない。神奈川の中でも川崎《かわさき》って言ったらガラが悪い奴もいるって聞くからな。まぁ前いた木更津《きさらづ》も似たようなもんだけど。

とにかく、前から落ちぶれてるオレがこの学校でやるべきことは、一目おかれること、そして金を稼《かせ》ぐことだ。高校生が金を稼ぐ一番手っ取り早い方法は、アルバイトじゃない。弱者を大声で脅《おど》して金を巻きあげる、カツアゲだ。それは前の学校でしっかり学んだ。学習したことは実践しなくちゃな、ここは学校なんだから。

ひとまずこの休み時間に一人ぐらいは、いっときたいところだ。ここの学校は学ランの詰襟《つめえり》についてる校章が、学年ごとで色分けされてるんだよな。青が一年、赤が二年、緑が三年。おっ、ちょうどあそこに背がちっちゃくて、如何《いか》にも弱そうな男子が。青の校章、一年生だな。よし、あいつにしよう。

「おい！　そこのお前！」

「はっ、はい!!　なんですか」

両手をポケットに入れたまま、壁際《かべぎわ》に追いつめる。

「ちょっとオレさ、財布《さいふ》失くしちまってよ、帰りの交通費が無いんだわ。五百円、めぐんでくれない？」

「えっ、五百円ですか……？」

上目づかいで顔を覗《のぞ》いてくる一年生。ヒョロヒョロで顔もガキっぽいから、高一というより小学生に見えてくる。しかしビックリしてるなぁ。この坊《ぼっ》ちゃん、カツアゲされるの初めてか？

「じゃあ、はい……」

一年生は財布から五百円玉を取り出し、渡してきた。

「あ、すいません。その五百円玉、新五百円玉なんで、駅の券売機とかで使えないかも……百円玉五枚でもいいですか？」

「あ？　まぁ別にそれでもいいよ」

五百円玉を返し、百円玉五枚を受け取る。後ろで他の生徒がざわつき始める。

「またカツアゲされてるよ。本当可哀想《かわいそう》な奴だな、あいつ」

「ウチの番長のパシリでしょ？　あの一年、災難だな……」

なんだコイツ、他の奴にもこういう目に遭《あ》わされてるのか。フン、自業自得《じごうじとく》だな。弱者は何やっても、どこまでいっても弱者なんだ。

「五百円、助かったよ。じゃあな！　哀れなパシリ君」

人前でここまで罵《ののし》れば、周りもオレがいっぱしの不良だとすぐわかってくれるだろ。転校してきて最初のカツアゲ、成功だ。


さっきのカツアゲのことが知れ渡ったのか、その後、クラスの誰にも話しかけられなかった。これこそオレの望んでたスタイル。孤高《ここう》の存在、的な。放課後、校門の前で一人、スマホをいじってると急に声をかけられた。

「あの……」

顔を上げると、さっきオレがカツアゲしたパシリ君が、不安そうにこちらを見ていた。

「なんだお前、やっぱり返してくれってか？　無理にきまってんだろ」

「いや！　お金取られてるのはいいんですけど……さっきのカツアゲ、あれで良かったんですか？」

「……は？」

「なんか、ちょっと下手《へた》な気がして」

なんだコイツ、カツアゲが、下手？　取られてるくせに何言ってんだよ。

「おい、お前オレのこと舐めてんのか!!」

「あぁ！　ごめんなさい！　舐めてるとかではないんです！　ホントに！　ごめんなさい……」

デカい声で威嚇《いかく》したからか、小さいパシリ君が、体をより縮ませながら話してきた。

「ただ気になったのが、もしかしたら貴方様《あなた》は、最近転校されてきた方なのかなと思いまして」

貴方様《あなた》って、キモい言い回ししてくるなコイツ。

「そうだけど、だったら何だっていうんだよ」

「僕、この街でずっと生まれ育ってきてて、中学二年からずーっとカツアゲに遭ってるんですよ。だからここら辺の不良、暴走族のカツアゲの仕方は大体わかってて。さっきの貴方様のカツアゲの仕方だと、そこと比べて逃げられやすいんじゃないかなーと」

「いやいや、オレも千葉のガラの悪いところから来てるから！　ちゃんと出来てたろ！　大体まずオレが五百円出せ！　って言ったらお前びっくりしてただろ！」

「そりゃあ、びっくりしましたよ。安すぎますもん」

え？　そうなの？

「千葉って大分《だいぶ》優しいんですか？　いや、最初のカモにいきなり高額じゃなくて低額を要求するのも一つのセオリーですよ。どんどんエスカレートしていくみたいな。そうだとしても最低額は千円からですよ、普通」

「普通って言われても……」

「あとポッケに手入れて追いつめてきましたよね、あれもちょっと……」

「何でだよ」

わかりやすい、ザ・不良のムーブだったろ、あれは。

「追いつめるなら、壁ドンした方が絶対いいですよ」

「壁ドン？」

「なんか最近は少女マンガの演出みたいになってますけど、元々は不良がカツアゲ中に壁をドンして、その腕で相手の退路を断つ目的で始めたものだと思うんです。された側からしても怖《こわ》かったし……」

ちゃんと経験あるのか。それにしても、カツアゲのときはビビッていたはずなのに、何でこんなに絡《から》んでくるんだ……。

「そもそも僕が新五百円を百円玉五枚に両替しようとしたときにどちらも貴方様が奪《うば》えばいいんですよ」

「確かに……」

「因《ちな》みに初めてカツアゲする相手の身元は押さえておいた方がいいですよ。やっぱり自分の名前とか個人情報を押さえられると、人間ビビりますから」

カツアゲした相手からこんなに指導されるの凄《すご》いモヤモヤするな……。

「よーしわかった！　そんなに言うなら、お前の名前とクラス、教えてもらおう」

「はい！　岡部《おかべ》太朗《たろう》、クラスは一年一組です」

「岡部太朗？　ホントかよ、生徒手帳見せろ」

「確かに、偽名《ぎめい》っぽい名前ですよね……自分でも思います」

そう言いながら学生証も丁寧《ていねい》に見せてきた。確かに本名らしい。太朗って令和《れいわ》だと逆に目立つ名前だな。

「じゃあ太朗、ついでに色々教えてもらおうか。この学校で触れちゃいけないヤバい奴ってのはいるのか？」

「それは……間違いなく丸木《まるき》さんですね」

「丸木さん？」

「二年五組の丸木大也《だいや》さん、この学校の番長です」

「番長？」

これもまた令和っぽくない単語だ。古いマンガでしか出てこないような。

「丸木さんは小学校の時から、絡んできた不良は軒並《のきな》み倒し、中学時代には空手と少林寺拳法《しようりんじけんぽう》、両方で全国一位になって優勝してから、二つとも引退。最近は暴走族と喧嘩《けんか》したり、多摩川《たまがわ》に暴力団の組員を投げこんだり……気に食わない奴に力を行使する。そんな人です」

どんな人だよ。前の学校にもそこまでの奴はいなかったな。関わらない方がいい。あれ、でも待てよ。

「さっき廊下で誰か言ってたけど、お前その丸木って奴のパシリなんだろ？」

「はい、パシリやらせていただいてます」

「お前、その丸木にオレのことチクってボコらせるつもりじゃねえだろうな！」

「とんでもない！　そんな貴方様の不利になるようなことはしませんよ！　大体僕がカツアゲされていても、お前が悪いんだから自分で解決しろ、の一言で済まされちゃいますね」

「そうか……」

薄情な番長で良かった。さすがにそんな奴に目を付けられたらしんどいわ。

「あれ、電話来てますよ？」

言われてから自分のスマホが震《ふる》えてることに気づいた。出ずに振動が終わるのを待つ。

「お前！　勝手に人のスマホ見るなよ！」

「あぁすいません！　着信が来る前に、電子マネーの画面だったのも見てました！　すいません！」

「はぁ？　ざけんなお前！　っていうか、わざわざ言わなくていいだろ！　オレはどこまで見られてたか気づいてないし」

「いえ！　見たものは全部言え！　と常々、丸木さんから注意を受けてますので！　やらかしたミスは全て丸木さんに報告するのがパシリの義務です」

「義務って……」

「丸木さんは僕が中学の時にパシリしてた不良と全然違います。僕が毎日パンを買いに行き、丸木さんの好きなソシャゲのレベル上げも僕がやり、喧嘩相手のための救急車を先に呼んでおく、掃除洗濯炊事に高校の宿題もやってます。ちょっとでもミスすると骨が折れる勢いのパンチが……」

もう聞いたことないタイプの不良だな……いや、もはや不良よりもヤバい奴だ、それが「番長」なんだな。

「他にこの学校に不良はいるのか？」

「まぁそれなりに。やっぱ治安は悪いんで、丸木さんに隠《かく》れてコソコソ活動してますね。その人達も暴走族だったり、半グレの下部組織にいたり」

やっぱり、前の高校と一緒ぐらいか……こんな奴相手だけど最初にカツアゲしてアピールして良かった。

「結局、ここもしょうもない学校ってことだな。お前みたいな雑魚《ざこ》を明日からもカツアゲして稼がせてもらうわ、じゃ」

「ちょっと待って下さい」

「あぁ⁉」

なんなんだよコイツ、パシリのくせに絡んでくんなよ。

「いや、その、貴方様の前の学校ってどんな感じだったのかなって、あと貴方様がどういうタイプのお不良だったのかなーと」

「うるせぇなぁ‼」

びくっとする太朗。

「全部に敬語つけりゃあいいってもんじゃねぇぞお前。気持ちわりい。こっちは帰ろうとしてるのに呼び止めて、因縁《いんねん》つけてんのか？　あぁ？」

「いや、本当そういうことじゃなくて、貴方様のことが気になって」

「それが因縁だって言ってるんだよ、じゃあわかったよ、お望み通りオレが前やってた本気のカツアゲ、お前にしてやるよ！　財布の中、全部出せ！　ホラ！」

太朗は黙《だま》りこむが許さない。いちいち絡むから、こういう目に遭うんだとわからせてやる。

「早く出せや！　クソチビが！」

出してきた財布をひったくり、中にあった三千円と小銭《こぜに》を全ていただく。これだけで済まさない。

「靴脱《くつぬ》げ」

「待って下さい……」

「早く!!」

右のローファーの中に隠してた千円札を回収する。

「学ラン脱げ！」

「えっ」

「学ランだよ！　脱いで背中見せろ」

学ランを引っぺがし、背中のワイシャツにセロテープで貼《は》ってあった五千円札を剥《は》がす。

「いいか！　オレはお前みたいなカスと違う、歴《れっき》とした不良なんだよ！　カスがオレに意見するな！」

こっちがカツアゲ初心者みたいな言い方しやがって。わかってんだよ、ちゃんとよ。

「ごめんなさい、でもどうしても聞きたいことが」

「黙れ！」

思わず拳《こぶし》を上げる。

「待って待って！」

「待つかこの野郎《やろう》！」

胸倉《むなぐら》を掴む。ところがその状態で急に向こうが、オレの拳を指さしてきた。

「いや、その拳の親指！　内側に握り込んでますけど、親指を外に出して、中指の第二関節を押し込むようにして拳固めた方がパワー出ますよ」

え？　指導⁉　待って待っては、ビビッてたんじゃないのかよ！　コイツ、ホントもう……。

「うおらぁ！」

拳を固めて顔面を殴《なぐ》る。

「痛い！　そうそう、そういうことなんです！」

どういう感情なんだよコイツ！

「おい、明日からも絶対追いこんでやるからな」

「う～ん……」

舐めてる、絶対に舐めてる。舐められてたまるか。舐められて、たまるか。

「お前！　今カツアゲされてるって自覚あるのか」

「そう……ですね。今カツアゲされてるのは僕、と、貴方様、ですよね」

「あぁん⁉　おっ……えっ？」

急に放たれた言葉に驚き過ぎて、うまく凄めない。

「今のパンチもそうですけど、絶対、前の学校で不良じゃなかったんだなってわかりますよ。あまりにも不慣れでしたし。最初は転校生デビューなのかなと思ったんです、ここの学校でキャラを変えて頑張《がんば》るおつもりなのかなと。でも途中から気づいたんです、この人、前の学校にいた不良に、今もまだお金取られてるって」

体が熱い、汗が全身から噴《ふ》き出てる。

「違う、オレは木更津にいた頃から不良で……お前が隠していた千円や五千円も、見つけてただろ！」

「見つけ過ぎなんですよ。靴の中の千円は、まぁベタなんでちょくちょく見つかりますよ。でもワイシャツの五千円は普通の不良じゃ考えがいたらない。現に僕、あの五千円が見つかったの今日が初めてですよ。辱《はずかし》める目的じゃなく、カツアゲのために学ランまで脱がす不良はいない。ワイシャツの五千円は、日々不良にカツアゲされまくっていて対抗策を考えてるパシリ側の思考じゃないと気づけないです」

コイツ、雰囲気が急に変わってきた。殴られたばかりなのに、オレの目をずっと見てる。目を逸《そ》らしたいのに、釘付《くぎづ》けになってしまう。こんなにプレッシャーをかけられる奴が本当にパシリなのか？

「お前にイライラしたついでに根性見せたんだけど……そのせいでバレるなんてな……」

「いや、その前から気づいてましたよ」

「え？」

「スマホですよ。電話が来てたのに取らなかったのは、前の学校の不良からだったから。未だに虐《いじ》められてるのを知られたら、この学校でも脅されると思ったんですよね。内容は大方、その前にスマホで電子マネーを送金した額が足りない、もっと寄越《よこ》せとかですかね。早く折り返さなくちゃいけないから、引き留《と》める僕に余計イライラした」

「……その通りだ」

「嫌《いや》な時代ですね。銀行振り込みだとめんどくさいけど、電子マネーなら手軽だから、しょうもない不良でも使えちゃう。どこにいても金を回収出来る。不良のアップデートは勘弁《かんべん》してほしいですよね」

そう、電子マネーなんて無ければ良かったのに。最近ずっとオレが思っていることだ。コイツは今、オレに優しさで話してくれてるんだろうけど、自分が考えていたことを読まれるのはやっぱり怖い。

木更津で不良の柳橋《やなぎばし》に「お前、転校したら逃げられると思ってるだろ?」と言われた時、震えが止まらなかった。「全然無理だからな。お前の次行く川崎の高校も知ってるし、オレへの送金が止まったら、バイク飛ばしてお前の高校、乗りこむぞ」と言われ、もう何を考えても向こうの掌《てのひら》の上にいる気がしていた。

一年前、校門の外で、バイクの鍵《かぎ》がないと騒《さわ》いでる奴らがいた。横を通り過ぎようとした時、連中の一人がおもむろに声をかけてきた。

「なぁ君、この柳橋クンがバイクの鍵失くして困ってるんだけど、どこかで見なかった？」何《な》故《ぜ》あの時、オレは無視しなかったんだろう。

「いや……知らないですけど」

集団の中から特に目つきが悪い大男がこっちに来た。

「本当か？　お前がオレのバイクの鍵盗んでるって可能性もあるよな」

「えっ、いやそんなことしてない……」

「ほぉー、そうか……じゃあちょっとお前の鞄《かばん》、見せてみろや」

鞄をひったくられ大男がゴソゴソと中をまさぐる。

「おいおい！　皆見ろよコレ！」

大男が鞄から手を取り出し、上にかざすと、そこには小さな黒い鍵が握《にぎ》られていた。

「そんな、オレそんな鍵知らないよ！」

大男の取り巻きが騒ぎ出す。

「いやいや！　知らないで通らないでしょ！　柳橋クンのバイク盗もうとしといてさー！」

「オレのこのバイク、売ったら四十万するんだよ。お前は四十万儲《もう》けようとした訳だな、ひでえ奴だ」

「だから本当に知らないんだって、バイクとか乗れないし」

必死に無関係だとアピールする。何でオレの鞄からバイクの鍵なんて。

「お前がバイクに乗れるとか乗れないかなんて聞いてねえんだよ!!!　クソ泥棒《どろぼう》野郎がよ!!」

大男の叫《さけ》びがこちらの全身を震わせる。もう逃げたい、なのに逃げられない。

「おい、コイツ羽交《はが》い絞《じ》めにしろ」

取り巻き達が身体を拘束《こうそく》してくる。

「財布は、上着のポッケか」

財布から金を取られるかと思いきや、歯医者の診察券を確認された
「原田広志か、おい原田」

状況を飲みこめずに呆然《ぼうぜん》としていたら、平手打ちを一発食らった。

「呼ばれたら返事ぐらいしろ!　それとも小学校で習わなかったのかな、はらだくーん」

取り巻き達が下品な笑い声をあげる。

「いいか、お前はこのバイクで四十万儲けようとした訳だから、慰謝料《いしゃりょう》でオレに四十万渡す、わかるよな」

「四十万？　そんな金ある訳」

「無いならすぐ作れや!　バイトでも親の金盗むとか何でもいいからよ!　とりあえず今日の分な」

この後、ゲームを買うために貯めていた七千円を取られ、地面に財布を叩《たた》きつけられる。それと同時に取り巻き達から解放された。膝《ひざ》から崩《くず》れ落ちて、立てない。

「いいか、オレは被害者なんだからな。ここまでするのは当然なんだよ。四十万用意出来なか

ったら殺すからな。もし、万が一お前が盗《と》ってないっていうなら、お前の鞄にオレのバイクの鍵入れた奴、見つけてこい。そしたらお前見逃してそいつ殺してやるからよ」

ずっと、地面を見ていた。怖すぎて顔を上げることが出来ない。

「明日から毎日、お前のクラスに行くからな。金用意出来なかったらぶん殴るぞ、わかったか？」

「は、はい」

「よし、返事出来て偉いぞ。してなかったら蹴《け》り殺してたからな。お前、名前……原田か、なんかしっくりこないな、お前の名前は今日からパシリ！　わかったかパシリ！」

「はい……」

最悪な状況すぎて、今の台詞《せりふ》がちょっと『千と千尋《ちひろ》の神隠し』に出てくる湯婆婆《ゆばーば》みたいだなとか考えてしまっていた。人間ここまで追いつめられると、脳内でどうにか楽しいことに繋《つな》げようとするらしい。

「よーし皆、無事盗まれずに済んだ愛車ちゃんでぶっ飛ばすぞー！」

「イェー!!」

バイクを爆音でふかし、人生最悪の期間の、最初の数十分が終わった。翌日、鞄に鍵を入れた犯人を捜《さが》そうと、クラスメイトに躍起《やっき》になって聞くと、どうやら同じ手口で他の生徒にも金を要求しているらしい。掌に鍵を隠したまま鞄に手を入れ、手を出すと同時にそれを見せる。聞いてみたら不良の頭でも思いつく簡単な仕掛けなのに、当事者になると全く頭が回らなかった。だが、それを指摘《してき》した生徒は柳橋から「証拠はあんのか？　ああん？」と、一蹴《いっしゅう》されて腹を殴られたらしい。詰《つ》んだ。

そこからずうっと、ずぅっと地獄の日々が続いたので親に無理を言って転校することにした。本当のことは言えず、相性が悪い先生がいるから学校に行きたくないという絶妙に弱い理由を訴《うった》えたが、あまりにも追いつめられた顔をしていたからか、素直に信じてくれた。ただ、地獄は終わらなかった。

「おうパシリ、転校するらしいな」

もうコイツから逃げられる、そう思って電話に出なかったが、どうしても怖くなって留守電を聞いてしまった。

「お前、転校したら逃げられると思ってるだろ？　ダメだよ、お前犯罪者なんだから、今から電子マネーのアプリ入れてオレに送金しろ」

電子マネー？　えっ、まだコイツ、オレから金取ろうと思ってるのか……？

「全然無理だからな。お前の次行く川崎の高校も知ってるし、オレへの送金が止まったら、バイク飛ばしてお前の高校、乗りこむぞ」

目の前が真っ暗になった。ダメだ、ずっと続く。転校先に柳橋が来たら、そこの学校でも目を付けられる。それはもう耐《た》えられない。そうじゃなくても、もう人からカツアゲされる金銭的余裕がない。そうか、取られないようにするには、取る側に回ればいいんだ。オレよりも弱そうな奴を見つけたら、そいつから金取って、その金を電子マネーに換えて……ここまで考えた時、自分が涙を流してることに気づいた。最低すぎる。でも、やるしかない。オレは絶対、柳橋に勝てない、弱い人間だ。

弱者は何やっても、どこまでいっても弱者なんだ。

「そうだ、確かにあの時、名前、控《ひか》えられてたな……」

最初に柳橋のグループに金を取られた時のことを思い返していた。

「あの時？」

コイツが知る訳ないか。柳橋に電話折り返さないと、催促《さいそく》の電話がすぐ来る。あと二十八万か……電話拒否ってるとさらに増やされるかもしれない。でもどうしてもコイツに言わないと。

「なぁパシリ、いや、岡部。頼む、オレが前の学校の不良に脅されてること、他の奴に言わないでくれ。お願いだ」

震える声で頭を下げる。なんて情けない奴なんだ、オレは。

「……イヤです」

まぁ、そうだよな、金むしり取った訳だし、自業自得か。優しそうな奴だと思ったんだけどな。コイツも弱者で、弱者の中でも生き上手《じょうず》な方なんだ。

「貴方様のことは、丸木さんに報告します」

「なんだよ、結局その番長にチクるのか。そいつにもオレ、潰《つぶ》されるんだな。全部終わりだ」

「終わりませんよ」

「えっ」

「逆です。貴方様を救いたくて、丸木さんに話すんです」

救う？　何を言ってるんだ？

「いやいや、丸木は番長なんだろ、不良なんだから他校から来たパシリのこと話したら、そいつをカツアゲするに決まってるだろ」

「はい？　あの、別に丸木さんはそんなことしませんよ」

「あん？　お前も大分カツアゲされてるみたいな話したけど」

「それは中学の時ですね。さっきも言いましたけど、丸木さんはそういう無闇《むやみ》やたらに暴力を振るう不良とは全然違う、番長なんですよ」

「一緒だろ？　気に食わない奴に力を行使するのが丸木だって、お前、話してたし」

「そこなんですよ！」

急に満面の笑みになる岡部。

「丸木さんの言う、気に食わない奴っていうのは、誰かを困らせたり、曲がったことをしてる連中のことなんです！」

そんな奴がいるのか？　力ある奴は全員弱者を搾取《さくしゅ》するんじゃないのか？　またオレ、騙《だま》されてるんじゃ……。

「信じて下さい、僕はただのパシリだから貴方様に起きてる事件を見つけることしか出来ない。不良に勝てるパワーも無い。でも、丸木さんなら解決出来ます。絶対に」

本当に？　この地獄の日々が終わるのか。木更津から川崎に来ても終わらなかった地獄が……無意識に本音が口からこぼれた。

「助けて……」

岡部が、力強く答える。

「助けます。ウチの番長、最強ですから」

夕日がパシリを照らしてる。ヒョロヒョロのコイツが、とても頼もしく見えた。

*

原田さんと初めて会ってから数日後、僕はいつも通り校舎の中庭まで丸木さんにあんパンを届けに行った。

「遅いぞパシリ！」

「すいません！　そういえば、原田さんからこれ」

綺麗《きれい》に包装されたお菓子《かし》の箱を丸木さんに渡す。引越しの挨拶《あいさつ》でたくさん買って余っていたらしい。

「なんだよあいつ、礼なんかなんもいらねえって言ったのに……」

「さすがに何かしたいんじゃないですか、泣くほど感謝してましたし」

あの後すぐ、原田さんを丸木さんのもとに連れて行き、事情を説明した。正体もバレてるし助けてもらう身だから「貴方様」は止《や》めてくれと言われ、丸木さんにもしっかり頭を下げて頼んでいた。身長一九〇センチ以上、分厚い胸板、鷹《たか》のように鋭《するど》い眼光の丸木さんを見た瞬間、原田さんも「丸木さん」と呼んでいた、丸木さん二年生だから、原田さんの後輩なのに……。

今まで総額幾《いく》ら取られたのか、どんなことをその不良に言われたのか、しっかり聞いた上で、原田さんと僕が見てる中、丸木さんが原田さんのスマホにかかってきた電話にスピーカーで出る。

「おい！　早く電話出ろよ！　言っただろ！　舐めたマネしたらお前んとこの高校に乗りこむってよ」

「お前みたいなチンピラがこっちに来たところで何が出来るんだよ」

第一声、ドスの効《き》いた声で返す丸木さん。

「あ？　……お前、パシリの原田じゃねえな、誰だお前」

「N高の丸木ってもんだ。忘れるんじゃねえぞ。お前、しょうもない小銭稼ぎで調子こいてるらしいな」

「知らねえ奴がこっちの事情に首つっこんでんじゃねえよ、原田出せや。あいつはオレのバイク盗もうとした犯罪者なんだよ」

「犯罪者はてめえだろ。やってることほとんど当たり屋だぞ」

緊張感のある会話が続く。

「いきなりそこまで言われる筋合い無いな。お前、原田の肩持つんだな。そしたら今からバイク飛ばしてお前と原田やってやるぞ」

「好きにしたらいいけどよ、その前に聞きたいんだがお前、木更津だろ、河野《こうの》の奴は元気かい？　鼻の形変わっちゃったからブサイクな顔がマシになったかな」

「河野さん⁉　もしかして河野さんやったのお前なのか？」

「そうだよ、あいつ木更津の暴走族のヘッドなんだろ。川崎の方まで夜中走りに来て皆、寝られなくて困ってたから、ちょっと鼻をつまんでやったら悶絶《もんぜつ》して帰ったよ」

「つまんだ？　河野さん、鼻の軟骨粉砕《なんこつふんさい》されたって聞いたぞ……」

原田さんが驚いて僕の方を見る。そう、丸木さんの強さは規格外なんだ。

「おいパシリ！」

「はい！」

「あれ、送ってやれ、あの、ペディキュア？　やり方、オレわかんねえから」

「丸木さん、送りたいのウィキペディアですよね？　ペディキュアは足の爪に色をつけることです」

「うるせえ！　早くしろ！」

「すいません！」

原田さんのスマホを操作してウィキペディアのリンクを送った。

「この丸木大也っていうのが、お前？　マジでこれ全部やったの？」

リンク先のページを読んで戸惑《とまど》う木更津の不良、柳橋の声が聞こえる。

「そうだよ、自分でも覚えてないこともあるから助かるよな」

また原田さんが驚いて、今度は小声で僕に話しかける。

「えっ、丸木さん、ウィキペディアのページあるの？　素人《しろうと》の高校生なのに？」

「そう、素人でも暴力団の組長とか、業界のフィクサーとかヤバい人はウィキペディアにも載ってたりするんですよ。丸木さんもそんな感じ。有名な暴力団や暴走族、この人が個人で潰してるし」

「ヤバすぎだろ」

「これ見た上で、オレに会いに来てくれるのかい？」

丸木さんが柳橋を追いこむ。

「あっ、いやその」

「オレの方からお前に会いたくなったな。バイクだとめんどいからタクシーで行くかな。もちろんその金はお前持ちだ」

柳橋から返答はない、荒い息だけが聞こえる。

「今は便利だよな、会わなくてもカツアゲ出来るんだって？　一時間以内に原田から巻きあげた金、全部返せ。お詫《わ》びの金も上乗せしろよ。出来るよな」

「ひっ」

「情けない声出すなよ。お前カツアゲしてるばかりで、カツアゲされたことないのか？　だったらおめでとう、今日が初体験の記念日だ」

半笑いで喋《しゃべ》る丸木さんに対し、電話の向こうから息をのむ音が聞こえる。

「じゃ、一時間、待ってるから。よろしくな」

電話を切る。一時間後、原田さんの電子マネーに、これまで取られた額に三万円上乗せして入金されているのを確認した。

「これで、地獄が終わった……終わらないと、思ってた。マジでありがとう。岡部、丸木さん」

嗚咽《おえつ》交じりに何度も頭を下げる原田さん。こういう光景を丸木さんの近くで何回も見た。普段から豪快で無理難題をふっかけてくることもあるけど、この光景が見られるから、この人のパシリで本当に良かった。

それから、原田さんは皆が見ている校舎の廊下で、僕から取ったお金を全額返してくれた。周りの生徒から少し敬遠されてはいるものの、好きなゲームが同じクラスメイトと仲良くしているらしい。あの優し過ぎるカツアゲに気づけて、本当に良かった。

原田さんから貰《もら》ったお菓子の包装紙をビリビリと開ける丸木さん。

「おっ、みそ落花生せんべい。いいじゃねえか、甘いあんパン食べた後にしょっぱいせんべい、最高だな」

こんなに暴力的なのにお菓子に目が無いというのは、身近にいる人間しか知らない可愛《かわい》らしい一面だ。あんパンとせんべいを両手に、もぐもぐバリバリしながら喋る。

「でもよ、最近周りからよく言われるんだよ。丸木さんのパシリって結構頭いいですよね、まるで名探偵みたいだって」

名探偵って、そんなカリスマ性のあるような呼び名は自分に似合わない。僕は全然、雑魚側の人間だ。

「いやいや僕なんてただの、パシリですよ」

「だよなー」

ダハハハ！

豪快に笑う丸木さんにつられて笑った。

最後のあんパン

あんパンが食べたい。いや食べなくてはいけない。仕事の前に「高田《たかだ》ベーカリー」のあんパンを買っていくのが働き始めてからの習慣で、最近はあんパンを食べて、合間に紙パックの牛乳を飲むことが仕事の一部になっている。

コートの右ポケットからスマホの振動が伝わる。福井《ふくい》課長からの着信だ。もう高田ベーカリーの前なのに。店の中で電話するのも目立って嫌《いや》だ。今出るか。

「おつかれさまです、福井課長」

「おつかれ、木梨《きなし》。実はさ、この間、調子悪かった会社のPCが完全にダメになっちゃったんだよね」

「あれですか？　だからあのPC、修理に出そうって話したじゃないですか」

「申し訳ない。業者がこの後、来る」

「じゃあ今日はウチの課で使えるPCが無いから、会社行かずに現場集合って感じですかね」

「そう、その連絡。めんどくさくてごめんな」

「ホントですよ。今ウチの課、案件いっぱい抱《かか》えてるでしょ？　他の課から、あそこはずっと遊んでるな～って言われてるんですよ。そんな中、PC使えないなんて……」

「いや～、ご不便おかけしますわ……」

調子のいい言い回しに少しカチンときた。この課長のように愛嬌《あいきょう》で評価されてる人間は、下にいると癒《いや》されるが、上にいると困る。

「課長、謝る気持ちがあるなら、新しいPC来る前に禁煙して下さい」

「ええ？」

「ウチの課で吸ってるの福井課長だけですから」

「時代だなぁ……じゃあ後程《のちほど》現場で」

禁煙するとの言質《げんち》は取れずに電話を切られた。ニコチン中毒のダメ課長め……しかし自分も人のことは言えない。同じ店に通い続けるというのも、中毒の一つなのだろう。

スマホを元のポケットに戻し、店内に入ると、いつもと変わらない品揃《しなぞろ》えのパン達が出迎えてくれる。もう少し前に来ていれば焼きたてのいい香りも楽しめたのだが、課長との電話のせいでパンが冷《さ》めて、この店の店主である老夫婦の家、という印象の匂《にお》いに変わっていた。課長め、現場に着いたらＰＣの責任、絶対取らせるからな。

この店は、牛乳が冷蔵されていないのも良い。あの冷やしてる棚、リーチインというらしいが、あそこの中に入ってると冷え過ぎてお腹を壊《こわ》す。空調と同じくらいのほぼ常温の牛乳をあんパンと共に飲むのもこだわりの一つだ。

牛乳を取り、一番のお目当てを取ろうと棚に目を向けると、なんとあんパンは残り一つになっている。急いで確保するために持ってるトングを伸ばすと、視界の右端から誰かの腕が物凄《ものすご》い速さで入ってきて、カチャンと二つのトングがぶつかった。

「あ！　すいません」

学ラン姿の少年が、トングを持ちながら申し訳なさそうにこちらの顔を窺《うかが》っている。

「いやいや、こちらこそ……君もこのあんパン欲しいの？」

「……はい」

「そっか……」

気弱そうな子だな。体型もヒョロヒョロしていて、押しに弱そう。この子には悪いが、やはり高田ベーカリーのあんパンじゃないとこっちも気合いが入らない。

「ごめん。このあんパン、譲《ゆず》ってくれないかな？」

「えっ？」

予想通り驚かれた。

「お願い！　その代わりさ、これ」

トングを一回ハンガーに戻し、財布《さいふ》を出して千円札を少年に見せる。

「ほら、これで向かいの中華料理屋でラーメンでも食べなよ。これだったらチャーハンつけてもお釣《つ》りが来るし、大分豪華《ごうか》なお昼ご飯になるよ」

一個百六十円のあんパンを買うために千円出す。絶対やり過ぎと思われるだろう。でもそれぐらい、ここであんパンと牛乳を手に入れることは、自分にとって大事なルーティンなのだ。

「嫌《いや》です」

「えっ？」

今度はこちらが聞き返した。高校生にとって千円は中々の大金。普通は千円貰《もら》えれば、昼飯なんてコンビニのおにぎり一個で済まして、欲しいマンガを一冊や二冊、書店に買いに行く。それぐらいの可能性を秘めた紙幣だ。何故《なぜ》貰わない。

「あっ、何かこっちに気を使ってる？　大丈夫だ！　千円出したいくらいオレ、そのあんパン好きなのよ」

言えば言うほど不審がられるか？　怪《あや》しくないよう、わざと明るくふるまってもいるが……でも最悪こっちには、相手を絶対に安心させる切り札もある。

「そういうことじゃないです……ここの、あんパンじゃないと……」

今にも死にそうな顔でこっちに訴《うった》えかけてくる。なんかこの子、事情がありそうだな。察して探りを入れるか。

「う〜ん……あ！　さてはこのあんパン、君が食べるんじゃないでしょ」

少年の黒目が一瞬大きくなる。

「その学ラン、N高校の制服だ。あそこのガラの悪さは有名だよ。この間もそこの公園で爆竹《ばくちく》を鳴らして遊んでた生徒が補導されたって交番で働いてる奴から聞いたし。君みたいな大人しそうなN高の子が頑《かたく》なにこのパンを買いたがるのは、不良にパシリにされてこのあんパンを買って来いと凄《すご》まれたから。違うかい」

「……合ってます」

よし。これだけ図星《ずぼし》ならこの子も心を開いてくれるだろう。

「凄い、やっぱり刑事さんって、頭いいんですね」

は？

「おい待て、何でオレが刑事だとわかった」

全く引き下がらなかった時だけ身分を明かそうと思っていたが、まさかその前にバレるとは。多分、今、この子よりびっくりした顔しちゃってるよ。

「高田ベーカリーの前で電話してましたよね？　その時に、『会社』とか『ＰＣ』って聞こえたので会社員かなって最初は思ったんですけど、『ＰＣ来る前に禁煙して下さい』って言葉が引っ掛かりました。別に今時のパソコンって煙草の煙じゃ壊れないし、匂いがキーボードに染みついて嫌だとかも聞いたことがない。だからこの場合のＰＣはパソコンじゃない。じゃあ喫煙者に使ってほしくないものって何だろうと考えたら、まず車が思い浮かんで、さらにそこで、思い出したんです。刑事さんって確かパトカーのことを外で言う時、自分達が刑事だってバレないように隠語《いんご》で『ＰＣ』って呼ぶんですよね」

その通りだ。基本、刑事達はどこで自分達が追ってる犯人や関係者と出くわすかわからない。だから外ではパトカーのことを「ＰＣ」、自分の所属してる警察署は「会社」と呼ぶ。因《ちな》みに警視庁は「本社」と呼ばれている。

「『案件いっぱい抱えてるのに、他の課からずっと遊んでるな～と言われてる』っていうのも、最初皮肉かなと思ったんですが、あれも刑事さん達の隠語で『ずっと遊んでる』は『今抱えてる事件が終わっても、次に捜査する事件がある状態』って意味なんですよね？　あと爆竹の話した時、交番のお巡りさんって言わないで、『交番で働いてる奴』って言ってたし。職業じゃなくて職場で呼ぶのは、同職で勤務地が違うからかなと」

なんだコイツ、急に滅茶苦茶喋《しゃべ》るな……刑事マニアの生徒なのか？

「……君の方が凄くないか？　大体、何でＰＣとか遊んでるなんて隠語、普通の高校生が知ってるんだ。君、刑事か警察官志望？」

「いえ、番長の丸木《まるき》さんに教えてもらいました」

「番長？」

「はい、丸木さんが去年、街で喧嘩《けんか》してパトカー呼ばれた時に、警官に『これからマルヒ、ＰＣに乗せます』って言われて『オレはマルヒじゃねえ！　丸木だ！　何でパソコンの上に乗るんだ！　ふんづけるぞ！』って返したら、マルヒは被疑者《ひぎしゃ》、ＰＣはパトカーのことだと説明されたそうです」

「はぁ」

　なんか、気の抜けるやり取りだな。

「そのパトカーの中で警官同士が、『このチンピラ、最近ここらでやってる裏カジノとか出入りしてそうだな。そしたらオレ達、結構この後遊べるぞ』って会話していたのを聞いて、『警官がカジノで遊ぶなよ！』って怒ってました。確かに、勘違いする言い方ですよね」

　そんな細かい話よく覚えてられるな……この子はお金より、珍しい経験の方を優先するタイプの人間かもしれない。財布をコートの右ポケットに戻し、同じポケットから警察手帳を出してみせる。

「あっ、初めて生《なま》で見た……」

「そうだろう、写真写りも自信があるんだ」

「そうなんですか……あんまり自分で言わない方がいいですよ」

しまった、また変に自意識過剰で喋ってしまった。小さい頃から憧《あこが》れていた父と同じ職業だからか、どうしても誇りが前に出てしまう。

「刑事さん、何でそんなに、このあんパンにこだわるんですか？　警察手帳まで出すなんて、聞き込みみたい」

「それはオレが刑事だからだよ」

「刑事だから？」

ポカンとしている。

「オレの父親も刑事でね。父の仕事に憧れがあったし、何せドラマやマンガの中の刑事も大好きなんだ！　そういうフィクションの刑事に付き物の食べ物といえば！　取調室のカツ丼！　そして張り込みの時のあんパンよ！」

ドラマの中の刑事が取り調べで「なかなか口を割らないな……カツ丼でも食うか？」というシーンに関しては、こちらから頼むと自白強要とも捉《とら》えられるし、容疑者側から頼むと、自費でということになる。刑事ドラマでも全く観なくなったし、観たとしてもコメディ寄りの刑事ドラマで取り調べ室の内情をあえて教える内輪ネタでしか出てこない。

「なるほど、じゃあ刑事さんはこれから張り込みに行くんですね」

「あぁ。最近この辺で下着泥棒《どろぼう》の被害が多発しててね」

「あ……ウチのクラスの女子もベランダに下着を干してて盗《と》られたって騒《さわ》いでました」

「可哀想《かわいそう》に。犯人は本当にろくでもない奴だよ、スケベ心で盗みまでするなんて。いや今の時代、ネットで販売とかしてるかもしれない。そういう性的欲求や日銭稼《ひぜにかせ》ぎのために窃盗《せっとう》をする連中を、オレは絶対に許さないよ！」

「そうですか」

あれ？　思ったより響いてない……ちょっと誇張《こちょう》して熱血風に語ったけど、結構、本心だったんだけどな。

「集中力がいる張り込みの時に、このあんパンが手元に無いと、そわそわしちゃうんだ。だから さ、オレの正義のために、これだけは買わせてよ」

「……う～ん」

「そんなに？　そんなにその番長が怖いの？　丸木、だっけ」

「怖いなんてもんじゃないですよ……丸木さんは、すっごいサディストなんです。裏で僕、丸木・ド・サドって呼んでるくらい」

どういうネーミングだ。話を聞くと番長もだけど、パシリのこの子も大分変で、ある意味、怖い。

「早くこのあんパン買っていかないと、丸木さんに殺される……二丁目の公園で待ってるんです。譲って下さい、刑事さん」

「君、名前は」

「岡部《おかべ》です、岡部太朗《たろう》」

「岡部君、いいかい。君が今すべきなのは、このあんパンを買うことじゃない。それよりも今すぐ担任の先生や、親御さんにパシリにされてる事実を伝えるべきだ。なんならオレが少年育成課の刑事を紹介したっていい。その丸木って番長に、正義の心で反撃しよう！」

「刑事さん……あんパン、譲って、下さい」

あれ？　伝わってない？　というか怒ってる……？

「いいかい？　君がこのあんパンを丸木に渡したとする。そして丸木がそのあんパンを活力にして非行に走る。ヒートアップした丸木が近い将来、暴力団の構成員になったり半グレ集団を立ちあげたりするだろう。ここのパン屋の主人もそんなことは望んでない」

現実問題、反社会組織に所属する若者の中で、学生時代に問題を抱えていたケースはかなり多い。中にはこの岡部少年のように気弱でパシリとして扱われていた子どもが、そのまま流されて反社会組織に入り純粋な心を無くし、自分を支配していた不良よりも凶暴《きょうぼう》になったケースもある。

「刑事さん、丸木さんは暴力的ではありますけど、犯罪集団に入るとか、そこのリーダーになるとか、そんな気持ち悪い人間ではないですよ」

「いや、はっきり言わせてもらうけど、君のその発言は、丸木に支配されて軽く洗脳《せんのう》状態になっているから出た言葉だよ。いずれ丸木はそのあんパンだけじゃなく『パンじゃないあんパン』を摂取《せっしゅ》するようになる。あんパンで元気百倍だ。あのヒーローみたいだな、頭がパンで出来たあいつ。『あんパン切れて力が出ないよー』と嘆《なげ》く仲間達に、僕の袋を吸いなよとか言うようになって、行きつくところは立派なシャブおじさんだ。ジャムじゃなくてな」

我ながら大分クールだな、今の。

「……何それ」

全然ウケてないわ。確かに今の子はシンナーをあんパンとは呼ばないか。もしくはこういう落語みたいな笑いはまだ高校生には早かったか……。

「大体、どうして別の店のあんパンじゃダメなんだ」

「丸木さん、甘いものへのこだわりが強いんです。あんパン、メロンパン、カヌレ、それぞれここのお店のってのがあるんですよ」

「番長、カヌレ食うんだ……」

「そこいじった人、この間、ぶん殴《なぐ》られてましたよ」

地雷《じらい》なのかよ。いじられ待ちだろ、そんなの。

「ここのあんパンに関しては、パンの塩気が良いらしいです。他のパン屋さんよりパンがしょっぱい分、あんの甘さが引き立つ。スイカ理論って言ってました」

「わかるわ～、このあんがまたこしあんで、後に残らないすっとした甘味なのが良いのよ」

「そうなんですね。僕は食べたこと無いんでわからないですけど」

「え？　無いの？　別に自分のも買っていいじゃん」

「ダメです、パシリはこんないいものまだ食べちゃダメだって丸木さんが言うんで。いつかお許しが出たら食べられるかもですけど」

「それはもう番長というかお姑《しゅうとめ》さんだぞ……秋ナスは嫁《よめ》に食わすな的な」

どんどん不毛《ふもう》な会話が続いていく、臨場《りんじょう》の時間も迫《せま》っている。大体、この店でさっと牛乳とあんパンを手に入れるのもルーティンに含まれてるんだ。いればいるほどストレスが溜《た》まってくる。

「あ～、課長の電話無視していればもっと早くこの店に入れて、すぐあんパン買えたのに」

がっくり肩を落とすと、少年がフフッと笑った。お、粘《ねば》り勝ちか？　わざと道化《どうけ》を演じた甲《か》斐《い》があった……。

「どうした？」

「えっ？　こんな抜けてる人でも刑事になれるんだなって」

抜けてる、だと。

「おい、誰に向かって間抜けだって言ってるんだ」

「そこまではっきり言ってないでしょ」

つまり内心では思ってる訳だ。たかが高校生、しかも地元のヤンキーに反抗出来ない根性なしの子どもにここまで言われる筋合いは毛頭無い。あんパンのために、あの愛嬌しか無い福井課長のようにふるまってみたが、やっぱり舐《な》められるな。そりゃそうか。オレが課長を舐めてるんだから。飾《かざ》るのは止《や》めた、コイツには正直な気持ちで、正義とは何か、誰に尻尾《しっぽ》を振るべきなのか、叩《たた》きこもう。刑事として。

「おい、今すぐそのあんパンを譲るんだ、早く譲らないと通報するぞ」

「通報？　僕、何もしてないですけど」

「岡部君じゃないよ、君が怖がってるその番長の丸木に職質《しょくしつ》をかけてもらうんだよ。二丁目の公園にいるんだろ？　岡部って少年に頼まれて通報したと伝えれば、君、丸木から酷《ひど》い目に遭《あ》うね」

会話の中のちょっとした証拠も逃さない、これが刑事と一般人との違いだ。

「ようやく、らしくなりましたね」

「あ？」

何で笑ってるんだコイツ。

「刑事さん、さっきからずっと正義って言葉使ってるけど、全然僕の心に届いてこないんですよ。目が違うんですよね、優しい人の目じゃない。このあんパンを僕みたいな高校生に取られたくない。これは自分のためのあんパンだ。そんな独善的《どくぜんてき》な目をしてるんです。周りの人を助けたい正義の気持ちとは程遠い」

オレが正義じゃない？　ふざけるなよ、オレの苦しみも知らないくせに。ちんけな悪に立ち向かわないで、ただ媚《こ》びへつらってる高校生のお前に、日々悪に立ち向かい、この街を守ってるオレの信条と苦しみがわかる訳が無い。

「本当に通報するよ」

「刑事さん、わかってます？　貴方《あなた》がやってるのは立派な脅迫《きょうはく》ですよ、悪の行為なんだ」

「いいや、悪では無い。職質を受けた丸木がもし何かやらかしたらその場で補導され、この街は平和になる。その後、岡部君が丸木にシメられたとしても、君が丸木から逃げ出したくなる理由をオレが作ってあげたとも言える。これは紛《まぎ》れもなく正義なんだよ、岡部君」

「本当に正義の気持ちがある人は、このやり取りの中で『わかった、このあんパンは君に譲ろう。その代わりこの美味《おい》しいあんパンを自分で食べて、丸木とは縁を切るんだよ』ぐらいの台詞《せりふ》、一回は言いますよ。自己犠牲《ぎせい》の心がある人はね。それこそ刑事さんがさっき引き合いに出してた顔がパンのヒーローとか」

　コイツが何を言ってるのか、全然わからない。このあんパンは何物にも代えがたいんだ。美味《う》味《ま》いあんパンと丁度《ちょうど》いい温度の牛乳で刑事としてのオレが完成するんだ。それなのに……刑事の命令に従わないコイツは悪だ。コートの右ポケットからスマホを出した。

「刑事さん、通報したら、終わりますよ。貴方が」

「終わる？」

「そのコート、左ポケットには何が入ってるんですか？」

　スマホの画面から岡部の顔に視線を移す。

「何も、入っていない」

　コートの左ポケットに手を入れる。途端に岡部が顔を近づけて囁《ささや》いた。

「焦《あせ》って確認しちゃダメでしょ。やっぱり刑事さん抜けてるな。安心して下さい、ここでそれを出せとは言わないです」

　他の客や店主に聞こえないよう耳元で囁く岡部の声を聴きながら、左ポケットの中の物を強く握《にぎ》りしめた。何で、バレた。この数ヵ月、油断した日は一度も無かったのに。今日だって。

「あ、盗《と》った場面を見た訳じゃないですよ。途中から、ずっと気になってたんです。刑事さん、スマホも財布も手帳も全部コートの右ポケットから出して、右ポケットに戻してる。確かにコートってポケットが大きいけど、普通はバランスよく両方のポケットに入れるもんです」

コートだと？　オレのこの刑事のためのコートが？　神奈川県警捜第一課でバリバリ働いて退職した父親のおさがりのコートのせいでバレたのか。

「何が入ってるんですか？　とは聞きましたけど、僕、ちゃんと中身わかってますよ。常習ですよね？　嫌だなぁ。刑事やっててもこんなもの盗むなんて」

止めろ！　小声でも言うな。

「毎回万引きしてたんですね、紙パックの牛乳」

無言で岡部と目を合わす。

「ここのパン屋さん、アレ無いですもんね、扉ついてる冷やすガラス棚」

「リーチイン」

「あぁリーチインっていうんですね、あの棚。さすが刑事さんって物知りだ。自分のこともよく知ってるから、無意識で変に知識を隠《かく》しちゃうんですね」

「どういう意味だ」

「さっき下着泥棒の話した時、『性的欲求や日銭稼ぎのために窃盗をする連中を許せない』って刑事さん言ってました。でも、その二つ以外の理由で窃盗をする人間もいますよね？　ほら、よく夕方のニュース番組で万引きGメン特集みたいのやってて、そこに映った犯人が言うじゃないですか。お金はあるけど、スリルのためにやったって。TVでも聞くぐらいですから、まぁメジャーな理由ですよね。その理由を許さないのカテゴリに入れてない時点で、僕は刑事さんに対して不信感でいっぱいでしたよ」

当たり前だ。そんな生産性の無いクズ行為とオレのルーティンを一緒にするな。

「それと、盗んだのが牛乳だってわかったのは、普通張り込みのお供といえば、あんパンとセットで牛乳も持ってるイメージなのに、刑事さんはそれも話してる時、無意識に飛ばしてたから。そこまでドラマの刑事への憧れが強いなら、絶対牛乳って単語は出るでしょ。さっきから僕が言ってる『抜けてる人』っていうのは、そういう直接的な意味も入ってるんですよ」

なんなんだ、コイツは。オレが刑事なのも見破って、誰にも、それこそ職場の同僚にも気づかれないようにやっていたオレのルーティンも目ざとく見つける。最初はオレが喋っていた隠語から、次は全く話していない、まさに隠していた言葉から、事実を見つけてナイフみたいに突きつける。

「いよいよ黙《だま》りましたね。安心して下さい、僕にこのあんパン譲ってくれたら、通報しません。あんパン、諦《あきら》めますね」

普通の声が耳に入る。暴力団のようにドスの効いた低い声でも、詐欺師《さぎし》のような甘い声でもない。普段オレが守ってやってる市民の声。だから一番怖い。絞《しぼ》り出すように声を出す。

「あ、あぁ……」

「良かったー。まぁ、あんパン無くてもお仕事は出来るでしょう、パフォーマンス下がるみたいですけど。警察手帳失くしたとかじゃないんだし。こっちは命がかかってるんで……ありがとうございます」

小さい頃からの夢、刑事を辞める訳にはいかない。今日はコイツに従わなくてはいけない。ただ、コイツは間違えている、オレにとって、ここで、あんパンを買う、そして牛乳を盗む。この二つの行動は警察手帳よりも大切だ。大切な「ドラマ」なんだ。

父は、いつも張り込みで、滅多《めった》に家に帰ってこなかった。あまり体が丈夫でない母は、早くに寝てしまう。そんな日の夜にオレの相手をしてくれたのは、TVドラマの中の登場人物だった。特に刑事ドラマは痛快で、この人達と同じ仕事をしている父はなんてカッコいい人間なんだろうと、家に帰らない日が増えるほど父への尊敬の念が増していった。

中学生になって、毎週、様々な刑事ドラマを観ていた頃、ある一作に衝撃を受けた。その話は最終回で、二話前から続いていた殺人事件の犯人が、なんと主人公の相棒《あいぼう》だったことが明かされたのだ。彼は主人公にこう告げる。「五年前にも一度、人を殺している。その時に罪を犯す側の気持ちを完璧に理解出来た。そこからみるみる自分の検挙率が上がったんだ。だけど最近、検挙率が下がって……」。この独白を終えた後、主人公に鼻血が出るまで殴られ、逮捕された。放送直後、視聴者からTV局へかなりクレームが入ったらしいが、オレの中では妙に生々しいその台詞が頭から離れなかった。数日後、二ヵ月半ぶりに家に帰ってきた父にこう尋《たず》ねた。

「刑事って、悪いことしてる人の方が仕事出来たりするの？」

ぶん殴られた。親の仕事を舐めてるのかっ！　と怒鳴《どな》られたので泣きながら謝ると、「実はTVでもニュースになっている女子大生バラバラ殺人事件の捜査班に明日から入るんだ」と真剣な顔で言ってきた。現場はここから近い、もしかしたら被害者はお前だったかもしれない。だから必ず父さんは犯人を捕まえる。そう言い切った父の顔を見て、益々《ますます》父が好きになった。

半年後、バラバラ殺人事件の犯人を父が捕まえた。この実績のおかげで父は警部から警視に昇格した。逮捕するまでの半年間、家に帰ったのは一回。母の葬式《そうしき》の時だけだった。父が捜査班に入ってからすぐ、母の体調は悪くなったが、母は父に余計な心配をかけたくないと、こっそり病院に通っていた。しかし、病院から家に戻る道すがら倒れ、帰らぬ人となった。葬儀《そうぎ》の途中、父はオレを別室に呼び出してこう言った。

「自分が普段から側《そば》にいれば防げたかもしれない。本当に悪いことをした」

涙を流して頭を下げた。そんな父をオレは責めなかった。父は昨日も一週間前も、女子大生を殺し、そして今も誰かを殺すかもしれない犯人を追っていたのだから。

父は、しばらく休職して、家で二人で過ごそうとも言ったが、祖母が家に来てくれるから大丈夫と断った。父はその時、妻と子どもを見捨てた自分を拒否しているのだと落ちこんだらしいが、実際は逆で、心から父を応援しているからこその決断だった。数ヵ月後、父が殺人犯を逮捕したと報告を受けた時、オレは確信した。父は、本当に悪いことをしたから凶悪犯を捕まえられたのだと。

刑事になった現在、オレは窃盗犯の気持ちを知らなくてはいけない。何かを盗まなくては。いつも行ってる高田ベーカリーのあんパンは、百六十円。滅茶苦茶美味しいけれど、値段設定は高い気がする。そして紙パックの牛乳は、八十円。これは安すぎる。売れても利益はほとんど無いだろう。そこであんパンは普通に買って店に貢献《こうけん》し、売れても売れなくてもさして変わらない牛乳は人目を避けて盗む。これでオレにとって最高の精神環境で仕事が出来る。悪いことをするから、いい刑事になれるのだ。この少年もオレの過去と正義への信念を伝えれば、わかってくれるだろう。

「岡部君、オレにとってこのルーティンはな」

「あ、興味無いです。どうせ、だらだら長いんでしょ。さよなら。お勤め頑張《がんば》って下さい」

トングであんパンを取り、レジでお金を払い、店主にビニール袋に入れてもらうと、その袋を持って少年は血相を変えて走り出した。

しばらく動けなかった。あの少年は、というよりそのN高の番長の丸木は、必ずここのあんパンを求めるらしい。つまり少年がまたこのパン屋に来る確率は非常に高い訳だ。ルーティンの場所や行動を変えなくては。あんパンと牛乳は他のパン屋で買うとして、盗むのは、集合住宅のポストから出てるチラシとかはどうだろう。広告主が嫌がるだろうが、どうせ皆あんなの見ないですぐ捨てるんだし。もっと現代に即した、ゴミの出ない広告のやり方があるだろ。よし、チラシにしよう。待て、見つかったらやはり気持ち悪がられるか？　いや、見つからなければいいんだ。

ずっと逡巡《しゅんじゅん》して、何分ここで突っ立っているかわからなくなってると、急に店のドアが開いた。福井課長だ、課長もここのパンを買ってたのか。知らなかった。

「十七時三十分、木梨敬介《けいすけ》、窃盗の現行犯で逮捕する」

なんだ、常連じゃないのか。あの少年はやっぱり悪だったたな。通報しないって言ってたのに。ろくな大人にならない。嘘《うそ》つきは、泥棒のはじまりだぞ。

「木梨、お前何やってんだよ……ウチの課で一番熱心で、マジメで、この仕事を大好きなお前が、何やってんだよ」

課長の言葉が耳には入るが、頭に入って来ない。今、絶対違うことを考えるべきなんだろうけど、こう思った。やっぱり、逮捕の場面ってカッコいいなぁ。

＊

いやー、あんパン一つ買うのに大分手間取ってしまった。おかげでめっちゃ走る羽目《はめ》に。あのクソ刑事め。黙っている訳ないだろ、あんたのせいで買うの遅れてこれから丸木さんに殴られるんだから。あれ？　丸木さん？　いない？

「おおおお遅いわぁあああ!!!」

背後から突如《とつじょ》現れた丸木さん。今日は殴ってこない！　意外！　ドロップキックだ！　痛い！　二メートルほど吹き飛んだ。あんパンが袋から飛び出さないよう、自分の体よりあんパンを守った。

「丸木さん！　すいません！」

「おいパシリ！　何でこんな遅いんだ、お前、まさかパシリのくせに自分の分も買って食べてたんじゃ」

「食べてません！」

高田ベーカリーでの出来事を丸木さんに話す。

「普通の人に見せかけて刑事、刑事なんだけど悪いって、ややこしい奴でした……」

「なんじゃそりゃあ！　普段オレとかしょっぴいてるんだったら、まず一番近い身内のワルから捕まえろよな」

「ホントですよね……」

「おいパシリ、そのあんパン、食っていいぞ」

「え!?　いいんですか？　丸木さんがお金出してくれるなんて……」

「勘違いするなよ！　お前の話聞いたらムカついてもっと糖分が欲しくなった。四丁目の飲食スペースのあるケーキ屋で、ショートケーキ、ホールで食うぞ！　お前の金でな！」

「ええ……」

ホールケーキって小っちゃくても何千円かしたような……。

「何がムカつくって、そいつ多分正義にかこつけて、悪事をすることを楽しんでたと思うぜ。しかも自分の悪事に責任を取れない、悪人の風上にも置けない甘ちゃん野郎《やろう》だよ。善人、悪人、普通の奴、どれでもない。クズだよ」

丸木さんの言葉が心に響く。

「まぁ、ほとんどの奴が腹の中に自分に甘い部分があるもんだけどな」

丸木さんがケーキ屋へ向かって早足で歩き出した。置いてかれないよう付いていき、渡すつもりだったあんパンを道すがら頬張《ほおば》る。美味しい。さすが丸木チョイスのスイーツ、百六十円は高いけど。

薄皮の下には汚《けが》れが無いふわふわとした白いパンが現れ、さらにその中には甘くて黒いあんがある。

それがあんパンと、人間だ。

詫《わ》び名人

ガラの悪いS高校で番長をやってると、本心で相談出来る奴が少ない。大人は不良ってだけでまともに話聞いてくれねえし、取り巻きのパシリはオレが喜ぶようにしか答えてくれない。だから悩《なや》んだ時は、同じ中学で、今はN高校で番長をしてる丸木《まるき》を、このファミレスに呼び出してる。一緒にカチコミに行きたい、どうやったらいい女を落とせるか、そういう話に丸木はいつも全力で乗ってくれる。中二の時、地元の夏祭りで当たりくじを入れてないテキ屋を、丸木と、もう一人喧嘩《けんか》がバカ強い奴と三人で成敗《せいばい》した時はスカッとしたな。だけど今回はそういう話とは違うんだよな……大丈夫かな。

「あの、すいません……吉益《よします》さんですか？」

「あぁ？」

なんだコイツ。急に声かけてきて、キモ。丸木と同じN高校の学ランだけど、背がちっちゃくてヒョロくて弱そうな奴。

「誰だ、お前」

「いや、僕は、その」

「オレを知ってるってことは、喧嘩売りに来たのか？　あん？」

「そそそ、そんなことは」

「その学ラン、N高だろ。丁度《ちょうど》いい、ここで待ってろ。これからN高の番長、丸木が来るから二人でお前のこと、ボコしてやるよ」

「し、知ってます」

「あん？」

「僕、丸木さんのパシリなんです」

「パシリ？」

「ファミレスに僕も行くよう言われたんです」

丸木が？　いつもオレの相談に乗る時は、必ず一人でやってくるのに。大体、丸木は喧嘩こそこら辺で一、二を争うほど強いが、丸木に媚《こ》びて手下になる奴は、あいつの厳しさに三日も耐《た》えられず逃げ出してる。で、丸木にボコされてる。そんな丸木がここに連れてくるほど可愛《かわい》がる手下なんかいるのか？

「お前、適当言って逃げようとしてるだろ」

「いえ！　逃げません！　ホントに！　逃げたら殺されるんで。丸木さんに」

ヒヨロヒヨロが泣きそうな目でこっちを見る。一応丸木にラインを送ろうとすると、向こうからメッセージが。『すまん、少し遅れる。岡部《おかべ》ってオレのパシリが先に着いてるから、気が向いたらそいつにもお前の悩み話してくれ。見た目雑魚《ざこ》だけど、思ってるより役に立つから』

ホントかよ。

「お前、名前は？」

「岡部です、岡部太朗《たろう》」

「全部聞くと、なんか偽名みたいにプレーンな名前だな」

「すいません！　僕、生まれるまで女の子だと医者が判断してて、両親が数ヵ月かけて冴子《さえこ》って名前に決めてたんですが、生まれた時になんか股《また》に付いてたんで、慌《あわ》てた両親が十秒で決めたんです、太朗って。酷《ひど》いですよね」

「聞いてねーけど」

「は！　す、すいません！」

役に立つのか？　……こんな奴が。

「とりあえず突っ立ってないで座れよ」

「ありがとうございます」

座るとより縮こまって見えるな。両手、口の前で組んでるし、目線がオレに合わないよう下の方ばかり向いてるし。オレと対面になってるのが、そんな怖いのか。

「あの、お話聞かせてもらえますか？　丸木さんからも聞いとけって言われたので……」

「何でテメーにオレの悩み言わなきゃいけ」

「すいません！」

「ねえんだよ……」

「そうですよね！　僕、吉益さんと初対面ですもんね！　そんな僕が吉益さんのプライベートを急にお聞きするなんて本当におこがましい！　申し訳！　ありませんでした！」

「待て待て！　お前さ！　さっきから謝りが強いよ」

「謝りが、強い？」

「オレそこまでキレてないじゃん。怒りレベルがMAX5まであるとしたら、1とか2ぐらいのキレ方に対して、5のパワーで謝ってるよ。今とか、こっちが言ってる途中で謝ってきたし」

「あ、すいません。世の中には冷血すぎて静かにブチ切れになられる方もいらっしゃるので……吉益さんは、見た目の怒り1に対して、内心の怒り1の方なんですね。良かった……」

「あ？　なんだその言い方！」

「すいません！　すいませんでした！　ごめんなさい！」

ホントにキモいな……静かにブチ切れになられる方ってなんだよ。ビビッたらまた目線下がって、もうテーブルに向かって謝ってるし。

「すいません、もう僕、丸木さんが来るまで一言も喋《しゃべ》りません」

「……もう別にいいよ、聞けよ」

「え？」

こんだけすぐ謝る奴なら、確かに丸木よりコイツの方が、今のオレの悩みに合ってるかもしれない。

「その代わり、丸木以外に喋ったらお前、殺すぞ」

「はい！　喋りません」

「マジだからな。おい！」

オレの中で4ぐらいのトーンで凄《すご》んだ。恥ずかしいが仕方がない。時間が無い。

「オレさ、今日中に正しく詫《わ》びを入れなきゃ殺されるんだ」

「詫び、ですか……それはどなたに対しての」

「オレと同じS高の後輩で、沼淵《ぬまぶち》カイトって奴だ。三日前にそいつの態度が気に食わなかったから、放課後、体育館裏に呼び出して、一発ぶん殴《なぐ》って財布《さいふ》の中全部ぶんどった」

くそ、言いたくないなコレ。

「なるほど。その後、何があったんですか」

「あ？」

今の、リアクションとして合ってる？　コイツがしょうもない奴ならオレがすぐ反省したとか思うだろうし、コイツがウザい奴ならカツアゲした相手に番長が謝るなんてダサいって態度になる。そのどちらでもなく、急に怯《おび》えてない真剣な目でテーブルを見始めた。この話に続きがあるのがわかってんのか？

「丸木さんからお聞きしてます。吉益さん、S高の番長なんですよね。僕、丸木さんのパシリなんで、番長にとって面子《メンツ》がどれだけ大事か、しっかり教わってます。その面子を大きく崩すなんて普通あり得ない。吉益さんも番長と畏怖《いふ》されるカッコいい存在なので、謝るのは重大な訳があるはずです。それも差し支えなければ教えて下さい。お役に立ちたいので」

「お、おう」

なんかすげー喋り始めたじゃん。こわ。でもカッコいいとか言われたら嫌《いや》な気しないな。多分イフって言葉も褒《ほ》めてるんだろ。知らねーけど。

「沼淵をカツアゲしたその日の夜に、ダチから連絡があったんだ。暴走族に拉致《らち》られた、オレを来させなきゃ半殺しにされるってな。それで指定された公園に行ったんだ。オレも別に一対大勢の喧嘩も慣れてるし、ダチを助けて族も潰《つぶ》せば箔《はく》が付くかなと思ってた。ところが公園に着いてみると、その族っていうのがヘルコンドルの連中だったんだ」

「ヘルコンドルって、あの火の玉バイクの」

「そうだ」

ヘルコンドルは二年前に出来た、割と新しめな暴走族だ。メンバーが県の中でも凶暴《きょうぼう》な奴らばかりで、暴走だけじゃなく薬に手を出してる奴も多い。火の玉バイクはヘルコンドルの儀式の一つで、夜中ラリったメンバーが道路に酒をぶちまけ、そこに放火し、燃えてる道路の上をバイクで通過するイカれた行為だ。近隣の住民がその動画をＳＮＳにあげて、それが拡散されＴＶの朝のニュースでも流れてたらしい。メンバー同士で殺しあいをしたり、薬の関係でヤクザとも繋《つな》がってるなんて噂《うわさ》もある。

「オレもキマってる奴は相手にしたくない。マジで殺されるから。だからヘルコンドルってわかった瞬間は震《ふる》えたよ。公園には行ったけど、ダチもやられちまってるんだろうなと思った。でもダチはオレが行ったら無傷で帰されたし、オレも着いてすぐ襲《おそ》われたりはしなかった」

「沼淵って人がヘルコンドルのメンバーだったんですか」

「まぁ、そうっちゃそうだな」

「そうっちゃそう？」

「族の集団から一人が目の前に来てさ、『オレは沼淵ワク、このチームのヘッドだ。弟が世話になったな』って凄んできたんだ」

「なるほど……」

「そこでオレ、沼淵カイトがヘルコンドルのヘッド、ワクの弟って知ってさ。もっとあいつのこと調べてから手出すべきだったなと思ったよ」

「弟のカイトさんは不良だったんですか？」

「全然。ヘルコンドルのメンバーでもないし、しょっぽい普通の奴って感じだったから無警戒だったわ。ワクはオレにスマホ向けて、今からテレビ電話にするからカイトに本気で詫びろって言ってきた。周りの連中がバイクのライトでオレを照らしてきて、もう逃げ場がないから、地面に膝《ひざ》をつけて謝ったよ。『沼淵カイトさん、脅《おど》して、殴って、金を無理やり奪《うば》って本当にすいませんでした。お金は慰謝料《いしゃりょう》として、カイトさんの言い値で、取った額に上乗せしてお返しします』ってな」

「想像以上にしっかり謝りましたね」

「普段オレが言わせてる言葉だからな。とはいえ、自分とダチの命がかかってるから、本気の態度で謝ったよ」

「じゃあこの話は、三日前に詫びが済んでいるのでは？」

「いや、ここからが話の肝《きも》だ。オレの詫びを見てカイトは無言で電話を切った。その後すぐワクがカイトから来たラインを見てブチギレだした。お前どういうことだ、説明しろ！　って怒鳴りながらラインの画面を見せられて、そこに『そっちじゃない』って書いてあったんだ」

「そっちじゃない？」

そう、これが訳わからない。オレも画面見せられた時、オウム返しした。

「オレにもわからないってワクに言ったら、ブチギレられたよ。ふざけんな！　お前はカイトに何も詫びてねえぞ！　ってな」

「謝るのは吉益さんじゃなくて、別の人に謝らせたかったとか？」

「それはない。ワクが家で泣いてるカイトを見つけて問いただしたら、今日の放課後、吉益って先輩に体育館裏に呼び出されたらカツアゲに遭ったって言ったらしい」

「吉益さん。ワクさん本当にそういう言い方してました？」

急に岡部が顔を上げた。初めて目が合う。

「あ？　なんだお前。オレのこと疑ってるのか？」

「いえ！　そんなことは！　全くないです！」

またテーブルを見はじめた。イライラするわ……。

「オレも考えたよ。もしかしたらオレが覚えてないだけで、別の日にカイトをボコしたりしてて、その時のことを詫びてほしいって意味の『そっちじゃない』とかな」

「でもカイトさんは、今日の放課後と言っていた」

「そうなんだよ。だからカイトがオレに何を詫びてほしいのか、さっぱりわかんねえんだ。そのまま冷や汗垂らしながらワクの前で膝ついてたら、『三日後にチャンスをやる。もう一回カイトに詫びろ。そこでまた的外れな詫び入れてたら、ヘルコンドルの面子にかけて、お前もさっきのダチも殺すぞ』って脅された」

「なるほど……」

「そこからひとまず何もされず、オレはすぐに公園から解放されたけど、相手はぶっ壊《こわ》れてるヘルコンドルのヘッドだ。約束の今日、向こうが納得しないと本当に殺される」

言い終わって、また背中に嫌な汗が流れる。ここにワクがいる訳じゃないのに。大分追いつめられてるなオレ……。

「オレ一人の話なら、最悪、遠くに逃げてバックレられるけど、ダチの身元も押さえられてるしな……」

「丸木さんからも聞いてましたけど、吉益さんって結構、仲間想いですね」

「仲間想い？　いや、オレのせいでダチが巻きこまれてるんだから責任感じるだろ、普通」

「そうですかね？　不良って呼ばれてる人たくさん見てきましたけど、自分本位の人も結構いましたよ」

「そいつらは不良かもしれないけど、番長にはなれないな。番長は自分を慕《した》ってくれる奴を守れる力があるってのが大事だと思うぞ、オレはね」

「凄い……その通りだと思います。だから丸木さんも吉益さんもカッコいいんですね。雰囲気に出てますよ。熱さが」

テーブルを見つつも、お世辞《せじ》じゃなくマジなトーンで言ってくるから照れるな……。

「こんなこと喋ってる場合じゃないわ。『そっちじゃない』の意味を考えなきゃ……。金で返すってのが違ったのか？　全裸《ぜんら》でバイクに轢《ひ》かれながら謝るとか、火が着いた爆竹《ばくちく》の中で謝れとかそういうことか？」

「違います」

また岡部が顔を上げた。そして初めてオレを否定した。

「おい、オレは今、命かけてるんだぞ。その状態のオレに、違いますって言いきるなんて、丸木のパシリじゃなきゃ殺してるぞ」

「すいません」

「お前みたいな奴が調子乗んなよ。責任持てるのか？　あ？」

「言葉を間違えました。申し訳ありません。だけど責任は持てます」

本気で凄んだのに、顔を下げない。

「吉益さん、何度もこちらから質問してしまって本当に申し訳ないんですけど、そもそもはカイトさんの態度が気に食わなかったからカツアゲしたって言ってましたよね。それは一体どういう状況での態度が引っ掛かったんですか」

なんだコイツ。謝ってるけど、会った時とオレを見る目が全然違う。吸いこまれそうな、目を逸《そ》らしたらコイツに負けた気になるような……バカな、コイツ、パシリだぞ。

「吉益さん」

「あっ、あぁ……態度な。最初はカイトがオレのことを嗅《か》ぎ回ってるって聞いたんだ」

四日前、いつもの仲間とゲーセンのパンチングマシン終わりに煙草休憩《きゅうけい》していた時だ。

「そうだヨシさん、今日学校でヨシさんのこと、やたらと聞いてくる奴がいましたよ。沼淵ってやつ。よろしくお伝え下さいって言ってましたけど、同中とかですか？」

「沼淵？」

「あれ？　知り合いじゃないんですか？　一年二組の沼淵。わざわざ隣のクラスのオレを見つけて、『吉益さんの友達ですよね、最近の吉益さんってどんな感じですか？』って聞いてきましたよ」

「いや知らない」

「えっ！　すいません！　オレも、お前ヨシさんのなんなんだって最初かましたんですけど、『一年二組の沼淵と吉益さんにお伝え下さい』とまで言われたんで、てっきり知り合いなのかと……」

「そうか、そいつシンプルに名乗って宣戦布告したのかもな。どんな奴？　強そう？」

「全然す。マジ普通って感じで。最近の話聞かれたんで、あそこの学校の番長倒したとか、パンチングマシンの記録更新したとか、ここのところナンパ失敗続きだから女はもういいやって愚痴《ぐち》ってるとか、今年も神輿《みこし》の担《かつ》ぎ手《て》に選ばれたとか、色々喋っちゃいました……」

「どこまで喋ってんだよ」

顎《あご》に拳《こぶし》を当てた。殴るんじゃなく、全く力を入れずに拳を当てる。沼淵が知り合いの振りをしてたから仕方ないという許しと、本当に喋り過ぎだろというちょっぴりのムカつきも込めて。

「すいませんでした……」

「で、それ聞いた沼淵、だっけ。そいつはなんて？」

「笑ってましたね、その後ありがとうって言ってきました」

「なんかキモいな、そいつ」

「そうなんですよ……あと別れ際に、独り言みたいなの言ってました」

「独り言？」

「多分ですけど、『いけっかもな』って言ってた気が」

「あ？」

S高で番長を張ったのは、入学して二ヵ月後。当時の番長をワンパンでのした後、学校の内外限らず、まぁ、わんさか喧嘩を売られ闇討《やみう》ちもされ、全て返り討ちにしてきた。無駄《むだ》に弱い連中を相手にするのも面倒《めんどう》くさくなったので、仲間に頼んでS高で吉益にだけは喧嘩を売るな、と全校生徒にお達ししてもらった。おかげで今年の入学式、新入生はオリエンテーションより前に、オレに近づかないことを覚えたらしい。だからこのS高で、オレに対して「いけっかもな」なんて言ってくる奴は――。

「オレのこと、舐《な》めてんな」

「ミジさん……」

「よし、明日その沼淵シメるわ」

「まぁ、そうなりますよね。オレも行きますよ！　勘違いしてその場でオレがシメなかったのも悪いし」

「いやお前は来るな。こっちが一人じゃないと意味がない。そんなコソコソ嗅ぎ回る奴は、オレが仲間連れてたら、一人じゃ戦えない根性なしとか周りに言いふらしたりしそうだしな」

「わかりました。なんかホント悪いとか強いとかそんな感じじゃ全くないんで、大丈夫だと思いますけど」

「あいよ」


翌日、一年がいる教室棟《とう》まで行き、廊下《ろうか》にいた男子に声をかけた。

「おい、ちょっといいか」

「ひっ！　よ、吉益さん。こんにちは……」

「お！　目上の人に挨拶《あいさつ》が出来る。偉いな。そんな偉い君だったらオレに一年二組の沼淵ってどんな奴か素直に教えてくれるな」

「沼淵君、ですか……ならあそこに」

廊下の突き当たりを見ると、こっちを見てる男子が。あいつが沼淵か。確かに線の細そうな、喧嘩とは縁がなさそうな奴だ。沼淵は目が合うと少し微笑《ほほえ》んで走り出し、近くの階段を駆《か》け上がった。

「逃げんのかよ……」

こっち向いて笑うなんて度胸あるなと一瞬思ったが、すぐに逃げる根性なしぶりに呆《あき》れて、こっちも追いかける。が、二階に上がっても沼淵の姿は見つからない。結局一階に戻り、一年二組に出向き、そこにいた生徒に「沼淵が教室戻ったら言っとけ。放課後、体育館裏に来い。吉益が待ってるってな」と伝えた。

番長になってから、基本的には自分からは手を出さず、喧嘩を売られたら、その場でやり返して相手の財布から迷惑料を取るようにしている。敵意の無い奴を殴るほどのクズじゃない。大体、学校の廊下や街で因縁《いんねん》つけられて殴り合いが始まるから、呼び出すなんて久しぶりだ。最後は、前の番長を屋上で倒した時か。体育館裏に呼んで殴ってカツアゲって、なんかザ・番長ムーブ過ぎてダサいな。駅前に来いとかにするか。いや、また教室に行って言い直す方がダサいか……。

つまらないことに悶々《もんもん》としながら、放課後まで時間を潰した。体育館裏に向かっていると、廊下で大声で喋っている女子の集団とすれ違う。

「この間、佐藤君、放課後、体育館裏に呼び出されたらしいよ」

「うわー、ベタ—」

「なんか別の生徒もこの間、体育館裏で一人泣いてたみたいでー」

「えー、最近有名スポットだもんね、あそこ」

そうだったのか、知らなかった。オレが番長になってから、生徒をシメてる他の不良を学校内であんまり見ないなと思っていたら、そんなところでやってたのか。やっぱり体育館裏はべ夕過ぎる、次からここに呼び出すのは止めよう。

体育館裏に着くと、植えてある小さな桜の木の前に沼淵がいた。大分緊張してる顔だ。

「沼淵だな。お前、さっきなんで逃げたんだ」

「す、すいません……」

「危なかったな、この呼び出しに来なかったら半殺しだぞ。来たから、まぁ全治一週間ぐらいの怪我《けが》と、お前の有り金全部で済ましてやる。優しいだろ、オレのこと調べ回って喧嘩を売ったのにこれで終わるんだから」

「え」

相手が一言、いや一文字言い終わる前に、パンチングマシンの勢いで口元を殴った。ドバドバと出る沼淵の血が、地面に落ちた桜の花びらを赤く染める。うめく沼淵。

「これで終わりじゃねえよ」

腹に蹴《け》りを入れ、沼淵がうずくまる。そうして低くなった肩に、全力の蹴りをもう一発お見舞いした。絶叫《ぜっきょう》するかと思ったが、声を出さず耐えている。

「よく叫《さけ》ばないな、お前。早く財布出せ。出さないともう一発いくぞ」

沼淵は座りこんだまま、無言で財布を渡してきた。そこから札だけ抜いて、財布を地面に強く叩《たた》きつける。

「わかっただろ、この学校で一番やっちゃいけないのはカンニングやバイク登校じゃねえ。番長に喧嘩を売ることだ。二度とオレのこと嗅ぎ回るな、クソが」

このカツアゲした金で、今日はパンチングマシンをやって帰ろう。一発練習してるから、いい記録が出るだろ。

オレのもとにダチからのＳＯＳラインが来たのは、この数時間後。ゲーセンから帰ろうとする直前だった。

「こんな感じかな」

一気に話し終えた。その間、岡部は、黙《だま》ってオレの目を見ながら聞いていた。コイツにじっと見つめられると、なんか全部言わないといけないような、そんな気がしてくる。

「吉益さん、わかりましたよ。カイトさんが何を謝ってほしかったか」

目を逸らさず、自信満々に言ってきた。

「マジかよ」

「ただこれは謝る内容より、謝り方が凄く大事だと思います」

「は？　謝り方？　やっぱりオレが裸《はだか》になってバイクで轢かれるとかしなきゃいけないのか。それかＳＮＳで謝罪動画を拡散されるとか。そんなんされたら番長はもう終わりだな、仕方ないけど」

「いや、それは最悪の謝り方です」

「あぁ？」

思わず前のめりになり、岡部の胸倉《むなぐら》を摑《つか》む。それでも岡部は目を逸らさない。

「吉益さん、この謝罪、大事なのは吉益さんや仲間の身を守りたいから謝る、じゃなくて、本気でカイトさんに申し訳ないと思って、カイトさんを思いやって謝らないと失敗します」

「何でオレが喧嘩売ってきた奴を思いやらなきゃいけねえんだよ！」

「吉益さん、僕の話を聞いて下さい。それ聞いて謝る気になるかどうかです」


岡部が話し終わった後、オレは頭を抱《かか》えた。

「なるほどな……確かに、こうなってくるとオレがマジで見当違いしてたんだな」

「そうです、気づける場面は何回もありました。吉益さん、謝れそうですか？」

「いや謝りたいよ、本当に悪いことしたと思った。でも、確かにどう謝るかだな。難しい……」

オレがこの間、公園でした詫び方は、こんなに間違えてたのか。

色んな奴がオレに謝ってきた。謝る気の無い奴もいた。謝られた上で、今でも許してない奴もいる。ちゃんと本心で謝ってるのが伝わってきたが、伝わってる上でオレはそいつを許さなかった。

「健治《けんじ》は、きちんと謝れて偉いね」

小さい頃、やんちゃで物を壊すといつも母ちゃんに叱《しか》られた。母ちゃんは細くて優しいのに、怒る時は凄い大声で叱るので、そのギャップが怖すぎて、母ちゃんに怒られるとよく泣いて謝った。すると母ちゃんは、きちんと謝れたことは褒めてくれる。だから母ちゃんにはまだ見捨てられてないと安心出来た。

　オレが小三の時、母ちゃんはパート先にいた若い男と浮気した。それが父ちゃんにバレて大喧嘩になり、母ちゃんは家を出て行ってしまった。最後に母ちゃんが玄関先で、オレに泣きながら謝った言葉がずっと忘れられない。

「ごめんね、お母ちゃん、好きな人が出来ちゃった……」

　そう言って母ちゃんは家を出た。いやそれじゃないだろ！　謝るのは！　別にいいんだよ、母ちゃんが若い男とデキてても。たとえその男を愛していても、この家にいてくれれば全然良かった。だから家を出ることを謝ってほしかったのに……。今でもこの日の玄関先の母ちゃんは夢に出てきて、朝起きるとイライラして物凄《ものすご》く悲しくなる。なるほど、カイトはこういう気持ちだったのか。

「しかし丸木、遅いな」

「そうですね、待ちましょう。吉益さんが謝る時、後方に丸木さんがいた方が、もしもの時、助けられるし」

「そんな恥ずかしいマネしないよなぁ！　吉益」

　後ろから声がしたと思ったら、思いっきり前髪《まえがみ》を摑まれた。ワクだ。

「今日で丸三日だ。約束通り謝ってもらう。おいお前、コイツ借りてくぞ」

「はい、どうぞお願いします！」

　岡部がすぐさま元気よく返事したので、ワクは大笑いした。

「おいおい！　お前、全然仲間から慕われてないな！」

「みたいだな」

仲間っていうか、今日会ったばっかだからな岡部は。

「場所変えるぞ、来い」

ファミレスから連れ去られる時、席に座っている岡部の方を見る。あいつはオレの目を見てゆっくりうなずく。大丈夫だと、目が語っていた。

ワクのバイクの後ろに乗せられ、少し離れた人気《ひとけ》の無い駐車場に着くと、バイクに乗ったヘルコンドルの連中が、ぱっと見三十人弱、待機していた、中には金属バットを持っている奴もいる。その中央、コンクリートの上で正座させられた。

「チャンスは一回だけだ」

ワクがスマホをテレビ電話にして、こちらに向ける。怯えながらもこちらを見てるカイトと画面越しに目が合う。オレはそのままカイトの目を見ながら謝り始めた。

「沼淵カイトさん、この度は、そちらの話を聞かずに殴りかかってしまい、本当に申し訳ありませんでした。オレがあの場所を指定したから、カイトさんに要らぬ誤解と期待をさせてしまいました。すいません。そしてこの場で言うのは、またカイトさんを傷つけてしまうかもしれないけど、カイトさんがオレを探ってた目的には応《こた》えられません。ごめんなさい」

頭を下げた瞬間、ワクの蹴りが顔面に入った。気を失いかけたが、耳元で叫んだワクの声で起きる。

「てめえ‼　ふざけてんじゃねえぞ‼　なんだ今のは！　何の話してるか、聞いてるこっちに全然伝わらねえぞ！　謝るなら、もっと具体的に何のことか言えや！」

ワクのこめかみに青筋《あおすじ》が浮かんでいる。

「おい！　コイツ大の字で寝ころばせろ！　オレが轢き殺す、動画撮れ」

集団から屈強《くっきょう》な男が現れ、オレを羽交《はが》い絞《じ》めにする。その瞬間、ワクのスマホから小さく声が聞こえた。

〈兄ちゃん！　止めて！　止めてってば！〉

ワクがその声に気づく。目でオレを捕まえてる奴を制止して、スマホの音声をスピーカーにする。

「カイト、いいのか？」

〈うん、それ以上やったら、オレまた家出てくよ〉

「……わかった」

〈吉益さんに代われる？〉

急な指名に少し驚く。

「なんですか？」

〈吉益さん、オレも凄く誤解してました。本当にすいません。だけどやっぱりこの間の謝罪は聞いてて悲しくなっちゃって……思わず、そっちじゃない、なんて言っちゃいました〉

「いやオレも昔同じことで傷ついてるから、悲しくなるのはわかりますよ」

〈敬語は止めて下さい。吉益さん、僕の目的はもう諦《あきら》めます。その代わり……パンチングマシン、僕も一緒にやりたいです〉

「あぁ、全然いいよ。記録の出やすい殴り方教えてやる」

〈ありがとうございます。お兄ちゃんに代わって下さい〉

スマホをワクに返した。まだあまり納得いってない顔で弟に話しかける。

「なんだ」

〈兄ちゃん、オレ、もういいから〉

「……いいんだな」

〈うん、深く聞かないでくれてありがとう、またバイクの後ろに乗せてね〉

「おう」

〈じゃあまた。吉益さん、ああいう謝り方してくれて、凄く助かりました〉

「本当にすまないことをした」

〈大丈夫です。今済みましたよ。では〉

電話が切れた。ワクはスマホをポケットに入れ、オレの顔に近づき言った。

「弟にもう一度怪我させたら、今度は詫びる暇なく殺す。わかったか」

「はい……ワクさん、これカイトさんに渡して下さい」

自分の財布をワクに渡す。カイトから取った金よりは中身が入っていたはずだ。財布も、地面に叩きつけてしまったから、代わりになれば。

「当たり前だな」

冷たい声で言いながら、ワクは財布を受け取った。

「お前ら！　帰るぞ!!」

ワクの号令で、ヘルコンドルの連中は駐車場から去っていき、最後にワクのバイクが出ると、殺気《さっき》が一気になくなった。この駐車場にオレだけがいるのが、可笑《おか》しくなってきた。

「謝れた……」

ふいに出た言葉が「助かった」じゃないことに自分で驚いた。そして今、あのパシリに滅茶《めちゃ》苦茶《くちゃ》感謝している。あれ？　あいつ、名前何だっけ。今まで緊張し過ぎていたからか、ド忘れした……。見た目の印象が弱すぎるんだよな。ずっとキョドってたし。でも途中から急に死線くぐった奴みたいになったり……それでもちゃんとこっちに謝ったり、変な奴だった……。

詫び名人のあいつが、沼淵カイトの謝ってほしいことを教えてくれた。


「いいですか、吉益さん。最初に僕が違和感を覚えたのは、ワクさんがカイトさんから聞いた、今日の放課後、『吉益って先輩に体育館裏に呼び出されたらカツアゲに遭った』という言葉です」

「どこが変なんだよ」

「たら、です」

「たら？」

「普通この場合だったら、〈体育館裏に呼び出されて、カツアゲに遭った〉と伝えるはずです。ここが本当に〈呼び出されたら〉だったのなら、カイトさんはそもそもカツアゲ自体が意外だったはずです」

「はぁ？　何言ってんだよ！　さすがにバカでもわかるだろ。だって」

　喋ろうとしたオレを、岡部は手で制す。

「そう、確かにバカな僕でも番長に体育館裏に呼び出されたら、まずカツアゲだと思います。それぐらいベタですよね」

「ベタって言うな。オレも初めてやったし」

「そう、そこが大きな誤解のきっかけなんです」

「あ？」

「その後、体育館裏に向かう途中で出くわした女子の集団が言ってたんですよね？　別の生徒もこの間、体育館裏で一人泣いてた、と。これもカツアゲなら〈泣いてた〉よりも〈泣かされてた〉の方が自然なんです」

「なんかお前、国語の先公みたいだな……それが一体何なんだよ」

「吉益さん、体育館裏にはベタがもう一つあります、そっちのベタの方が、この女子達の会話がしっくり来るんです」

「もう一つのベタ？　そんなのあるか」

「愛の、告白です」

「は？」

「カイトさんは、吉益さんがカイトさんに告白するために呼び出したと勘違いしたんです。そしてそれをOKするつもりだった」

「……あぁあ!?」

思わずデカい声を出してしまった。ファミレスの客と店員がこっちを一瞬見る。ムカつきがすぐに脳天《のうてん》に達して、気づいたら岡部の胸倉を摑んでいた。

「てめえ！　そんな訳ないだろ　こんだけオレに話させて、ふざけ始めるんならぶっ殺すぞ」

「吉益さん、僕の話を聞かないとぶっ殺されるのは、貴方です」

面食《めんく》らった。コイツは俺がさっき言ったMAX5でキレてるのに全く動じてない。こっちの目を見てゆっくり普通に言ってきやがる。本当にさっきと同じ奴なのか？　……胸倉を摑んでいた右手を離す。

「僕はひとつもふざけていません。ただ、吉益さんが今の僕の結論に怒ってしまったことに対して生意気な態度をとってしまったのは、謝らせて下さい。すいません」

謝った……むしろ俺がビビり過ぎて謝りそうになったのに。

「吉益さんからしたら意外な事実がどんどん出てくるかもしれませんが、どうか僕の推理を最後まで聞いて下さい」

「わかった……」

「カイトさんが吉益さんの情報を探っていたのも、恋愛対象としてだからだと思います、吉益さんがS高の番長ならば有名人、顔ぐらいは元々知られていたんじゃないですか?」

入学式だ……オレに喧嘩を売るなって情報が伝達されてるなら当然、吉益という番長がどういう顔なのか知ろうとする奴も多いだろう。

「吉益さんにお仲間を通じてクラスと名前を伝えたのも、喧嘩を売るためじゃなく、単純に覚えてほしかったから。ファン心理から来たものだったんです」

ファンか……それだったらまだわかる。恋してるとかじゃなくても、男子からも女子からも「憧《あこが》れます!」とか「カッケーす!」とか言われたり、握手《あくしゅ》とかもしてるし。だが、その後がわからない。

「どうしてオレがあいつに気があると思われたんだよ」

「それもお仲間さんとカイトさんのやり取りの中にあります、お仲間さんは最近の吉益さんについて、〈ここのところナンパ失敗続きだから女はもういいやって愚痴ってる〉とカイトさんに伝えてます。これを聞いてカイトさんは、女に愛想《あいそ》尽かしたなら男の自分にチャンスがあるかもしれない、そういう一縷《いちる》の望みを持ったんです」

「いちるってなんだよ。それ聞いてそんな風に思うか?」

「一縷はごく僅《わず》かって意味です。吉益さん、カイトさんはきっと少しでも自分の恋に希望を持ちたい、そう思ってたんです。だからこそ、本当にその言葉が嬉《うれ》しかったんです。それでポロッと言ってしまったんでしょう。いけっかもな、と」

そうか……あれは喧嘩で勝てるかもじゃなくて、付き合えるかもって意味だったのか……。

「カイトさんの心情と行動を読み解くと、こんな感じです、翌日、大好きな吉益さんがわざわざ自分に会いに来てくれた。目が合う。カッコいい。だけど同時に、好き過ぎて緊張して、とても話せる精神状態じゃない、不安になって逃げてしまった。教室に戻ると、クラスメイトから、吉益さんが放課後、体育館裏に来て欲しいと言っていたと聞く。最近告白スポットとして話題の体育館裏。自分から告白するつもりが、まさか向こうも僕のことを気にしてくれてたなんて！　放課後、体育館裏の桜の木の下で、僕はここ最近で一番幸せな時間を過ごすんだ。そうカイトさんは思っていたでしょう」

「一番幸せな時間……」

「それが全く違う時間になってしまった。多分カイトさんは、殴られたことよりもお金を取られたことよりも、吉益さんに憎《にく》まれていたことが一番ショックだったと思います。吉益さん、僕の話を聞いてどう思いましたか。正直な気持ちを教えて下さい」

変に気を使われた。コイツはコイツなりに、丸木の下にいるから色んな不良を見てきて、その中には酷い考え方の奴もいたんだろう。そしてきっと、オレがどんな考えでも、ワクから救ってくれるために助言するつもりなんだ。

「オレは……まず、オレに敵意の無い奴は殴らないって決めてた。その自分の中の決まりを破ってしまった。そしてカイトの気持ちには全く気づけなくて、まさかの状況に正直驚いた。でもあいつの希望にオレは応えられない。だけど恋するって気持ち自体をダメだとか違うとかは思ってない」

どんな状況にあっても、恋をしてしまった大人の女を、オレは一人知っている。その女は、今頃、どこかで幸せになっているであろう。なっていてほしい、謝ってもほしいが。

「わかりました。つまり吉益さんは、信条を曲げてしまった以上、きちんと自分が悪い、と自覚してる訳ですね」

「ああ」

「良かったです。この場合、いかに相手を思いやって謝れるかが肝なので……本心でカイトさんに対して謝るのはもちろん、カイトさんがワクさんに同性愛者だというカミングアウトをしてない可能性を念頭《ねんとう》において謝らなきゃいけないんです。第三者からのアウティングは間違いなく傷つけますからね」

「アウティング？」

「勝手にバラす、という意味です。だからさっき吉益さんが言ってたような、ライブ配信で全部そのまま言って謝る。これは不特定多数の人間にアウティングをしているので、全くの逆効果。さらにカイトさんを傷つけることになります」

岡部が話し終わった後、オレは頭を抱えた。

「なるほどな……確かに、こうなってくるとオレがマジで見当違いしてたんだな」

*

吉益さんが連れていかれて一時間後、ファミレスに丸木さんが来た。あたりを見回している。

「丸木さん！　こちらです！」

立ち上がり、丸木さんに手を振る。

「おうパシリ！　あれ？　吉益は？」

「さっきヘルコンドルの人に連れていかれました」

「あ！　ヘルコンドル⁉　そんな奴らに拉致られたのか！　で、お前は黙って見てたと」

ぎろりとこちらを見てくる。

「いえ！　その前に吉益さんのお悩みを聞いて助言を！」

「助言だ〜？　そんなのがあのイカレ暴走族から吉益を救えると思ってんのかテメエ！　ん？」

殴られる！　そう思った瞬間に、丸木さんのスマホにラインが来た。

「吉益からだ。『連絡遅くなってすまん、ヘルコンドルの連中に拉致られて自分のスマホ出せない雰囲気だった。今はもう解放されてる。相談したかったことは、そこにいるお前のパシリ君のおかげで解決した。ヘルコンドルからオレとダチの命も救ってくれたし、何よりちゃんと謝れてスッキリしたよ。ありがとうって言っといて。直接会えなくてごめん、今度何か奢《おご》る』だと、どういうことだコレ」

「それはですね」

事の顚末《てんまつ》を丸木さんに説明する。

「なるほどな……オレだったら、ワクをボコしてから、カイトに謝りに行くけどな」

「え？　ワクさんと戦うんですか？」

独特な回答出すな、この人。

「そりゃそうだろ。自分の仲間、無傷とはいえ拉致られてるし、そもそもカイトだってワクに問い詰められてポロッと喋っちゃった訳だけど、本当はカイトも自分の言葉でお互い勘違いしてたのを伝えたい気持ちもあったと思うぜ。そもそも男が好きだってバレるリスクは、自分自身で伝えに行くのが一番低いし。内容がわかってなくても、弟が本当は一人で解決したがってるのがわかってなきゃ、リーダーとしても兄貴としてもダメだな。だからオレはワクを倒す！あれ？　でも普通に兄貴倒されたらカイトが悲しむから謝ってることにならないか……難しいな」

カッコよく断言した後で急に眉間《みけん》に皺《しわ》を寄せて悩み始めた。コミカルだなぁ。でもこの人の答えは凄く番長らしい。さすが県内最強の番長、丸木。

「よし！　ひとまずお前を殴る！」

「え？」

「何でオレがお前を殴るかわかった上で、お前が謝れたら殴るのは止める」

「え、え〜と……こんだけ長めの話を聞いてもらうんだったら、まず店員さん呼んでドリンクバー頼むべきでした！　喉《のど》カラカラにさせて申し訳ありませんでした！」

「その通りだよ！」

殴られた。結局殴るんかいと他の人は思うだろう。だけど僕は丸木さんだったらきっと殴ってくるとわかった上で謝った。言語化されたことで結局、頭に来ちゃったんだろう。もう一度、全身全霊で謝る。

「すいませんでした！」

僕が謝るのは、殴られないためでも、なんなら許されるためでもない。謝りたいから、謝るのだ。

もう一度、殴られた。

面接官はパシリ

二階の自分の部屋に入ると、すぐに鞄《かばん》をベッドの上に投げた。放物線を描きながら落下する鞄を横目に、学ランのままベッドに身を投げ出す。自分も鞄と同じ「物」に成り下がってるなー、と嫌《いや》な気分になる。

大学受験のための面接練習をここ数日やっているが、「中心人物」って言葉が最近ずっと引っ掛かる。一緒に練習している友達のほとんどが、クラスの、部活の、委員会の、中心にいると主張していた。実際、部長だった奴もいたけど、そもそも中心ってなんだよ、と思う。

コマの中心には一本の芯《しん》がある。でも、その芯だって分子の集合体だ。集合するから中心として機能する、そう考えると、面接で中心人物だと主張する受験生が多くても、問題無いのか。中心人物は珍しくない。自分が面接官だったら、個性的な方が気になるから、クラスの外《はず》れの方にいました。なんて主張する受験生がいたら、そっちを合格させたい。でもこの社会は「外れの人」に厳しい……みたいなことを練習中につい考えてしまうし、元々、堅い会話が得意じゃないので、練習の評価はいつもC判定。まぁ選抜で落ちたとしても、本命の大学は、模試の点数的に安全だから早く共通テストの季節になってほしい。

「タケルー！　ちょっといいー？」

一階から母さんが呼んでる。どうせまた入試について、アレコレ詮索《せんさく》してくるんだ。母さんは学生時代、マジメで勉強熱心だったのに一浪してもいい大学に行けなかったのがコンプレックスで、そんな自分の息子が県でも指折りの有名大学に入れるかもとわかったら、鼻息をふんふんさせながら応援するようになった。嬉《うれ》しかったし頑張《がんば》る原動力にもなってるが、最近はあまりにも自分の夢を託《たく》してくるので、自分が母さんの夢を叶《かな》える道具になったようにも感じて鬱陶《うっとう》しい時もある。

「タケルー？　いるんでしょー」

無視無視。こっちは夕方までしっかり授業を受けた後で、面接練習まであって疲れてるんだから……。

「今日、家にたー君呼んでるから！」

ベッドから起き上がり、部屋のドアを開けた。

「ちょっと待って、太朗《たろう》来るの？　何で」

「何でって、あんたの身近で一番頭良い人って言ったら、たー君でしょー？　色々アドバイスしてくれるだろうと思ってー」

たー君こと岡部《おかべ》太朗は、近所に住む二つ下の従兄弟《いとこ》で、母さんの妹の息子。母さんがこんなに太朗に信頼を置いているのは、太朗が中学に入ってすぐの模試で一位を取ったから。クラスの模試でも、全校模試でもなく、全国模試で一位――つまり、日本で最も勉強が出来る中学生という名誉を、太朗は三年間で三回も獲得している。

太朗とは同じ中学だったから、三年のときは何回も引き合いに出されて、比べられた。自分も理科で全国二十五位を取った時に「さすが、太朗君と同じ血が少し入ってるだけあるね！」とクラスメイトに褒《ほ》められたが、全然嬉しくなかった。太朗自身は会うと自分に懐《なつ》いてくれていたが、正月の集まりで太朗の活躍を聞いた母や他の親戚が「羨《うらや》ましいわ～」と長時間べた褒めしてるのが面白くない。

中学を卒業して、学区内で二番目に頭がいい公立高校に入って、太朗の呪縛《じゅばく》から直接的には逃れるも、時々太朗の動向を調べたりもしていた。同じ高校には来ないだろう。学区どころか県下で東大進学率ナンバーワンのE高に入学するんだろうと思っていた。二年後、太朗は確かにウチの高校には来なかった。県下でも有名な札《ふだ》付きのワルばかりいる、とんでもなく偏差値の低いバカ高校に進学した。理由は全くわからない。ただ、そこから自分にとって太朗は「地に堕《お》ちた奴」という印象に変わっている。それでも母さんは、太朗を未だに全国で最も頭のいい子どもと思ってる。情けない。

「太朗に教わることなんかないよ」

「あんた何言ってんの！　たー君はウチの親戚、いやこの地域から初めて出たアインシュタインよ！　母さん知ってるんだからね、タケルが面接の成績全然良くないって」

「そんなの学校とか塾でも練習するから平気だよ」

「わかってないわねー、大人に聞けばいいってもんじゃないのよ！　大学受験は、同じ目線の受験生にこそ助けられるってお母さん知ってるんだから」

「いやあいつ二個下だろ⁉　大学受験の話なんてまだ出てないよ！　それに」

「あのー」

階段の上と下で喧嘩《けんか》してる間に、玄関のドアが開いてたらしく、太朗が声をかけてきた。

「すいませーん。インターホン押したんですけど、反応が無くて……」

「あらー！　たー君！　ごめんなさいね！　今インターホン壊《こわ》れてて」

「いえいえ、お久しぶりです。おばさん」

太朗が顔を上げて、階段の上の自分と目を合わせる。

「久しぶり、タケ兄」

「おう」

危なかった。さっきの口論で最後に、「それにあいつ、面接の練習をしたところであの高校じゃ、ロクな大学入れないだろ」って言いかけてた。

「たー君、上がって上がって」

「お邪魔《じゃま》します」

「今ジュースとお菓子《かし》出すから、タケルの部屋行ってて」

はい、と返事をした太朗が玄関から階段を上り、部屋に近づいてくる、会うのは数ヵ月ぶりだし、何か気まずい。母さんに半《なか》ば強制的に頼まれたんだろうから、それを謝るか。そう思った矢先、

「タケ兄！　ごめん！」

向こうから謝られた。

「え？　何が？」

「おばさんから今日三時間ぐらい付きあってって頼まれてるんだけど、多分一時間ぐらいしかいられないんだ……」

「いや別にいいよ、というか、ホントこっちがごめんな。急に言われて困っただろ」

「そんなことないよ！　タケ兄とはずっと仲良かったし、ゲームもやらせてくれたし、逆にこっちも何か恩返ししたいなとは思ってたんだよ」

真っ直ぐな目で言ってきた。本人に悪意が無いのはわかるが、少しカチンとくる。お前のせいで、こっちは中学時代、比較されっぱなしで、恩を仇《あだ》で返されたなと思っていたから。

「ありがとう。ところで太朗、そんな焦《あせ》ってるってこの後、用事あるの？　女子とデートとか？」

「そんな訳ないじゃん……」

我ながら意地悪な質問だ。太朗は頭もいい。運動も出来るが、何せ見た目が小柄《こがら》でヒョロヒョロ。顔の覇気《はき》も全く無いし、童顔《どうがん》すぎるので異性交遊にとんと縁が無いらしいのだ。

「この後、僕、N高の番長に呼び出されてるんだ」

「番長⁉　お前何かしたのか？」

「何かしたっていうか、僕その番長の丸木《まるき》さんのパシリだから……」。基本、毎日の予定、その丸木さんに押さえられているんだよね」

コイツ、本当に地に堕ちたな。目の上のたんこぶだったはずなのに、環境がこんなに人を変えるとは……。怒りを通り越して哀《あわ》れに思えてきた。

「色々大変だな……」

「まぁね、でも楽しい時も多いよ」

そんな訳ないだろ。N高の不良はしょっちゅう暴力事件を起こして、全国ニュースにもなる時もある。そんな不良の親玉に目を付けられてるんじゃ一時も休めないだろう。あんまり番長のことを聞くのはよしとくか。

「タケ兄、カッコいい服持ってるね。ほら、あの黒いベスト」

開けっ放しだったクローゼットを指さす。

「あぁコレ？　汚れ目立っちゃうから、着るのはたまーにだけどな」

「なるほど、勝負服だ」

「ん、まぁな」

恋愛の「れ」の字も知らないだろうに変に絡《から》むなよ……。やり返してきたのか？　恥ずかしくなってクローゼットを閉じると同時に、部屋のドアが開く。

「たー君！　タケルはどう？　どこが悪い？」

母さんがジュースとクッキーをお盆に載せて入ってきた。

「まだ何もしてないです。何せタケ兄と会うのは久しぶりだから喋《しゃべ》りたくて」

「いいのよ！　気を使わずにさっさとやって！　たー君と違ってウチの子、ずっと子どもっぽくて。外で飲み物買ってきてって頼むと、未だにオレンジジュースしか買ってこないの。あんまり高校生は飲まないわよね？　オレンジジュース。もう私飽《あ》きちゃって、この子しか飲まないから、たー君、遠慮なくお代わりしてね、おばさん下にいるから。あ、このクッキーはこの間、熱海《あたみ》に旅行ったときにね、買ってきたの。毎年たまの贅沢《ぜいたく》でいいホテルに泊まるんだけど、そこのクッキーだから、しっとりして美味《おい》しいのよー」

「うるさいな!!!」

喋り続ける母さんを、部屋から追い出す。

「おばさん、相変わらずだね」

恥ずかしい。典型的すぎる思春期親子像を見せてしまった。おせっかいな母さんの方より、上手《うま》く追い出せなかった自分の方が恥ずかしい。

「じゃあ、面接の練習してみようか」

「えっ、やるの?」

「そりゃまぁ、一応それで呼ばれてるし……僕、タケ兄の高校よりレベルの低いところに通ってるけど、大人や、緊張する相手と敬語で対話する機会は、高校に入学してからの方が増えたんだ。警察の人とか、暴走族とか、自分の子どもの素行《そこう》不良をもみ消そうとする権力者とか。だから、多少役に立てるとは思う」

「いやいや! なんだそれ! それは大学入試の面接とはあんま関係ないだろ。怖すぎだし」

コイツの日常はどうなってるんだよ。聞くだけでこっちも危ない目に遭《あ》いそうだから、聞かないけど。

「確かに大学入試の面接と同じやり取りではない。だけどタケ兄、面接の成績だけ極端に悪いんでしょ。おばさんから聞いたけど、それって多分シンプルに【初対面の大人と敬語で十分近く喋ること】に慣れてないだけじゃないかなと思って。だったら僕でもアドバイス出来ることあるかなと。でも嫌だったら、練習した体《てい》でおばさんに説明して帰るけど」

急に核心をつかれて言い返せなかった。そうなのだ。お喋りは元々好きな方なのに、いや、だからこそ面接での自分の発言が、日本語なのに難しい外国語を喋っているような感覚になる。

「じゃあ……練習頼むわ」

「了解。じゃあ一旦タケ兄、部屋の外に出て、入るところからやろう」

かくして面接練習が始まった。


「次の方どうぞ」

面接練習で散々怒られてるせいか、この言葉だけで緊張するようになってしまった。相手が、下級生で親戚でも、面接官だ！　と思うと委縮《いしゆく》して立ち止まってしまう。

「並木《なみき》さん？」

煽《あお》るなよ……。なんだ急に他人行儀に「並木さん」なんて言い方しやがって。息を整え、ドアを開ける。

「失礼します」

面接官に向けて一礼。

「よろしくお願いします」

椅子《いす》に座る。正面の太朗を見ると、さっきまでと全く顔つきが違う。あぁ、やっぱり嫌いだ。昔、一緒にパズルゲームで対戦してる時とかもこの顔をしてた。「全部わかってやる」みたいな目つきで、本当に全部わかっちゃう。番長の前でもこの顔してたら、ぶっ飛ばされそうだけどなぁ。

「それでは名前と、部活動や生徒会など自己PRがあればお願いします」

「はい、私、神奈川県立I高校から参りました、並木猛《たける》と申します。私はサッカー部に三年間所属しておりまして、三年生では副部長を務めました」

「なるほど。貴方《あなた》は他の部員からは、どのように見られていたと思いますか?」

よし、これはさっき学校で同じ質問されて、弱いって言われたから補強して答えられる。

「はい。私はフォワードという、得点を取りにいくポジションでして、二年生に上がるとチームの中で最もシュートの数が多い選手になりました。ですが、得点率が一位では無かったので、監督や、自分より得点率が高いチームメイトに、どうすれば自分の欠点が直せるか積極的に聞きに行き、その結果、二年生の後半から引退するまでシュート数も、得点率も最も高い選手になりました。なので、周りの部員からは、最も成長した選手として認識されています」

「成長した選手。わかりました」

正直盛《も》ってはいる。得点率は本当に最後一位だったけれど、それは二年の中盤で一位だった石沢《いしざわ》先輩が怪我《けが》で引退したから。監督にはちゃんと指導を受けにいったが、石沢先輩はパワハラ気質の傲慢《ごうまん》な人だったから、引退してからは先輩に話を聞くどころか近づいてもいない。本当はこの人にきっちり教えてもらえれば、もっと伸びただろうけど。でも、これぐらいの話の盛りは皆やってる。

「それでは、並木さんが最も印象に残らなかった試合と、その理由を教えて下さい」

「はい？」

なんだその質問。普通「最も印象に残ってる試合」の方を聞くんじゃないのか？　え？　印象に残ってない試合ってなんだ。

「えぇっと、三年の最初の方にあった試合になりますかね……ウチのチームが4対0で勝った試合で、印象に残らなかった理由は相手の実力が格下だったから、です……」

「……ありがとうございます」

なんだよ、今の間《ま》。何を試したんだよ。

「それでは、当大学の志望理由をお聞かせ下さい」

えっ、ちょっと待って、今、頭変な感じになってるから。志望理由、志望理由はえぇっとさっき学校で言ったのは。

「……並木さん？」

「あ！　すいません！　私は前から、植物に興味があり、またW大学の農学部が品種改良で二色混合の朝顔を作り出したというニュースをTVで見まして、自分も新しい品種を作ってみたいと思い、W大学の農学部を志望しました」

危ない、ギリギリ言えた……。

「なるほど、因《ちな》みにニュースで発表された植物は、朝顔ではなく、夜顔ですね」

正しく言えてなかった……畜生《ちくしょう》、このニュース、毎回朝顔だと思っちゃうんだよな……大体、さっきの印象に残ってない試合なんて訳わからない質問するから気を取られて……。

「並木さん、それでは貴方の好きな植物は何ですか？」

来た。これは想定内の質問。

「サボテン、ですね」

「サボテン、それはなぜ」

「トゲがある植物が好きなんです。薔薇《ばら》やサボテン、アロエやリュウゼツランとか。植物は動けないし捕食されやすい。これだけ動ける我々動物に対して反抗出来るのって、凄い進化だなと思います」

「ふうん……」

おっ、なんか沁《し》みてる。やっぱ盛ってるけど素直な気持ちが入ってる答えは効くんだな。

「因みに、並木さんが実際に育てたことがある植物を教えて下さい」

え？

「あっ、それは……特に、無いです」

ヤバ、ここで素直になってどうするんだ。でも本当に何も育ててないしな……。

「……わかりました、以上で面接を終了します。ありがとうございました」

「ありがとうございました」

立ってお辞儀《じぎ》をして部屋の外に出る。ううん、やっぱりダメっぽい。再び室内に入ると、太朗が険しい顔をしてた。

「うーん……」

「どうかな、ていうかダメだよな」

「まぁ、そうねぇ。タケ兄って素直な人だから、こんなに緊張しちゃうんだね」

先生ならまだしも、年下の従兄弟にここまで言われると、申し訳ないが、やはり腹が立ってくる。図星だし。

「いや、受け答えは確かにあれだったけど、でも皆、多少なりともミスするでしょ」

「タケ兄のミス、多少の域超えてるし、受け答え以外もダメだった。部屋入る前にノックしてないし、最後に部屋出る前、失礼しますって言ってなかったでしょ」

「あ……」

完全に抜けてた。

「一応、受け答え自体は事前に考えてるみたいだけど、明らかに思い出しながら喋ってるよね。それなのに、かなり大事な夜顔のニュース間違えてたし」

「あれは！　お前がその前に変な質問するから」

「変な質問は来るよ、絶対に。試験官は生徒の素《す》の部分が見たいんだから、参考書や教師が教えるような質問とは外れた質問、一個はかましてくると思った方がいいよ。それに柔軟《じゅうなん》に対処しつつ、型通りの質問に対しての回答も落ち着いてスラスラ言えるようにならないと」

「そんな簡単に言うけどさ、大人と喋るって難しくない？」

「タケ兄、大人の方が簡単だよ。あの人達は所詮《しょせん》僕ら子どもを舐《な》めてるか、子どもを仕事の対象としか見てないでしょ？　共通の思考や視点で仲良くなりたい、嫌われたくないって思いながら、子ども同士で喋る方が難しいよ」

朗《ほが》らかに喋るが目の奥が暗い。コイツ、年々こういう目になってきてるな……。

「……お前さ、ヤンキーと絡んでるからか、言葉きつくなってないか？」

「とんでもない！　もし番長の丸木さんから影響受けてたら言葉の前に手が出てるよ」

どんな奴だよ……。しかし太朗の言うことは為《ため》にはなるけど、ここまで言われっぱなしなのは、やっぱり一矢《いっし》報いたくなる。

「じゃあさ、太朗がお手本見せてよ」

「え？」

「人の見るのも参考になると思うし」

一年生のこの時期に面接の練習をやってるとは思えない。ましてやバカ高校だし。

「確かにね」

いいんかい。まぁ今聞いただけでも、ちゃんと面接のイロハはわかっていそうではあったから、意地悪のつもりだったけど本当に参考になるかもな……。

「そしたら、僕なりの面接で、タケ兄の参考になるように頑張るよ」

「次の方どうぞ」

コンコンと部屋の扉が叩《たた》かれる。

「失礼します！　よろしくお願いいたします」

ハキハキした声と共に太朗が入ってきた。緊張して無理やり声を出してる感じでもないので、元気で好印象だ。ここからして自分とは違う。

「失礼いたします」

きちんとこちらに一声かけてから太朗が着席した。凄《すご》く落ち着いている。自分は面接官の役を変に意識しちゃうかなと思ったが、いい意味で太朗に遠慮なくやれそうだ。

「それでは名前と、部活動や生徒会など自己ＰＲがあればお願いします」

「はい、私、神奈川県立Ｎ高校から参りました、岡部太朗と申します。自分は部活動や生徒会などには三年間、一度も所属しませんでした」

「なるほど、そうすると岡部さんは委員会活動に力を入れていたということですか？」

「いえ私、中高と五年間、パシリの方、続けております！」

「は……？」

「パシリでは、様々な貴重な経験を得ました。例えば」

「待って待って！　太朗、それで行くの？」

たまらず練習を中断させてしまった。

「何が？」

「何がって……聞いたことないよ。受験の面接でパシリをアピールする奴」

「タケ兄さ、本心でやらないと面接は見抜かれるよ。僕は今、本当に部活もやってないし、パシリばっかりやってるけど、人よりは多少パシリが出来る自覚はある。嘘《うそ》ついてないだけ、タケ兄よりいい受け答え出来るよ」

「本当かよ……」

昔から太朗は頭がいいけれど、変なところにこだわって頑固《がんこ》だ。まぁ、最初の方はしっかりしてたし、言っても聞かないから続けるか……。

「じゃあもう一回、こっちの質問から。自己PRをお願いします」

「はい、私は中高と五年間パシリに力を注《そそ》いできました」

何回聞いても慣れないな……。

「パシリの中で私は、相手の話にすぐ反抗せず耳を傾け素直に聞く、会話における傾聴力《けいちょうりょく》を養いました！」

いやそれ反抗すると殴《なぐ》られるからだろ！　とはいえ確かに「傾聴力」とか堅い大人なワードをさらっと出せれば、面接官のポイントが高いって入試対策の本に書いてあったな。

「また私はパシリで何回も追いつめられたので、強い精神力があります！」

めっちゃ笑顔で言うじゃん。ちょっと怖いんだけど。

「追いつめられたというのは？」

「中学二年の時ですか。ある日登校すると教室で、不良に挨拶がてらカツアゲされそうになり、逃げようとしたら同じクラスの不良全員に囲まれてどうにもなりませんでした！　囲まれているので、ある意味クラスの中心人物とも言えます！」

大分いい風に言ってる！　自分よりも中心人物の捉《とら》え方変だよ。まぁ確かに注目されてるって捉え方もあるか……。

「返事がハキハキされていますね」

羨ましくなって思わず言ってしまった。でも、こういう不意に褒められた後に照れずに対応出来るのも大事って聞いたし。

「ありがとうございます！　前に不良から返事の声が小さいということで小指を折られてしまったので、以後、気を付けております！」

怖すぎる！　折られてしまったので、じゃないよ。的確に返してはくれるけど全部予想出来ない答えだな……。

「貴方の尊敬する人物を教えて下さい」

「はい、二人いまして、まず、聖徳太子《しょうとくたいし》です」

お、これは思ったより普通の返しだな。

「聖徳太子。それは一体どのようなところが」

「彼は、小野妹子《おののいもこ》を、中国までパシリに行かせた凄い番長です」

「番長では無いですよ！　皇子《おうじ》です。というか尊敬するのは番長の方なんですね、パシリではなく。番長や不良には嫌な思いしかされていないのでは？」

「確かに、不良の方の多くは悪意と力でパシリをねじ伏せてくる人間です。中学の時はそういう不良の下についておりました。高校では番長の下についたのですが、私は不良と番長は別物だと考えております」

「別物？」

いやいや一緒だろ。

「番長というのは力を弱者を守るためにも使い、学校中で恐れられてると同時に尊敬もされている稀《まれ》な人物です。今まさに私がお世話になってる番長はそういう方で、尊敬しているもう一人の人物というのがこの番長、丸木大也《だいや》という先輩です」

そんな奴もいるのか。そもそも太朗が尊敬するとまで言うのが珍しい。意志が弱そうに見えて、「従う方が楽だから」という理由であえてパシリをやってたと思うし、頭がいいから番長を敬《うやま》うなんて絶対しないと思ってた。どんな番長なんだろう。ルーズリーフに自分の面接の参考になる太朗のいい答えを書きこもうとしたその時、持っていたボールペンを落としてしまった。拾おうとするが、腱鞘炎《けんしょうえん》のために右手が痛み、思わず手首を押さえてしまった。

「どうぞ」

太朗がさっとボールペンを拾って、渡してきた、実際の面接でもこういう場面に遭遇《そうぐう》するかもしれない。自然と出来るのが偉いな。普段から人間が出来てる。

「ありがとう」

「タケ兄、大丈夫？　右手？」

急に面接を中断してきた。

「えっ？　あぁ、大丈夫だよ！　昨日ずっと過去問やってたから腱鞘炎になっちゃって……というかお前、急に現実に戻るなよ、びっくりするから」

「ごめん」

　ホント自由人だな……まぁ優しい奴ではあるけど。

「面接再開するぞ、えーと、では最後に当大学の志望理由を教えて下さい」

「はい、私は昔から雑草に興味がありました。どんなに人間達に踏《ふ》まれても、抜かれても、たくましく生き抜いて領土を広げていく雑草達。そこに自分自身を重ねて、自分も様々な逆境に耐《た》えつつも成果を出せる人生でありたいと思うようになりました。そこで県下はもちろん、全国的に見ても研究のレベルが高いW大学の農学部に入り、人生の在り方を教えてくれた雑草を研究したいと思っております。雑草の特性や地域性、環境によっての死滅《しめつ》や繁茂《はんも》など、そういった研究でゆくゆくは博士号を取りたい。そういった思いでW大学、農学部を志望しました」

　か、完璧だ……オレよりも間違いなく植物愛も伝わってる……太朗がウチの高校来てたら間違いなくW大勧めてるわ。

「ありがとうございました」

「ありがとうございました」

　きっちりお辞儀をして席を立ち、ドアの前まで来たところで一言。

「失礼します」

　一礼して、出る。問題点0で面接練習が終わった。部屋のドアが再び開く。

「どう？　タケ兄」

「どうって……途中パシリって言い始めたところはそこまで参考にならなかったけど、全体の受け答えの雰囲気とか、特に最後の志望動機のところとかは凄く良かったよ」

「で、どうするの？」

なんか、挑発的だな……コイツ、ホントに上手くパシリやれてるのか？

「どうするのって……今の太朗の面接を参考にして、より印象の良い受け答え出来るよう頑張るよ」

「え？　そんなことしたって、絶対タケ兄の希望の進路に行けないよ」

何だコイツ。ちょっと本気で心配してますみたいな顔してるのが、余計バカにしてるように感じる。

「おい！　お前、オレを舐め過ぎだろ！」

「舐めてないよ！　そもそもタケ兄、本当は大学なんて行きたくないんでしょ？」

コイツ、急に何言い出すんだ。

「そんな訳ねえだろ……ヤバいこと言うなよ。大学行きたくない奴が面接の練習なんかする訳ないだろ」

「おばさんのためなんでしょ。おばさん、タケ兄がＩ高校入った時凄い喜んでたし、Ｉ高、国立大の進学率もいいもんね。現にＷ大だってＩ高ならＡＯ入試の面接がうまくいけば合格できそうな所だし」

「なんだそれ。自分のために決まってんだろ。大体、I高行っといて大学行かないって選択肢なんてないわ。お前が通ってるバカ高校じゃないんだからよ！」

言ってすぐに後悔した、今のはさすがに言い過ぎだ。

「……まぁね、確かに僕はもう良い大学にＡＯで入るとかは無理だと思う」

「ごめん」

「全然いいよ。でもN高に行って、番長の丸木さんのパシリになれたからこそ知れたこともたくさんある。【葉っぱ】のこととか」

「葉っぱ？　それは、大麻《たいま》とかか……？」

最近、若者の間で、電子煙草《タバコ》の中に大麻リキッドが入っているものが流通して問題になっているとニュースで見た。やはりそういう連中とつるんでいるのか……。

「違う違う！　そんなんじゃない！」

太朗は笑いながら手を振る。

「でもその葉っぱのおかげで気づけたんだ。タケ兄、本当は大学行かずにバーテンダーになりたいんでしょ？」

太朗の顔を見る。正月の集まりで、親戚五人でやった百人一首、１００対０で一人勝ちして た時と同じだ。腹立つくらい涼《すず》しい顔。

「何で」

何で親にも友達にも言ってない、オレの夢をコイツが当てられるんだ。

「僕がさっき言った【葉っぱ】は、リュウゼツランのことだよ」

その言葉を聞いた途端、体の全部が石になったように動けなくなった。

「普通、トゲのある植物でサボテンや薔薇は出るけど、リュウゼツランって結構マイナーだよね。他の返答部分でそこまで植物愛が見えてこないのに、ここだけ変に詳《くわ》しかったから気になったんだ」

そうか、自分には馴染《なじ》みのある植物過ぎて自然と言ってしまっていた……。

「今お世話になってる丸木さんは、とあるバーで用心棒をやっててね、僕もたまにお手伝いにいくんだけど、マスターに色々教えてもらえるんだ。お酒には色々な原料があって、テキーラを造る素《もと》になるのが、サボテンのようにトゲがある植物、リュウゼツランだって」

なんだよ用心棒って……太朗もそんなとこで手伝いとかするようなキャラじゃなかったろ。

「でも、それだけで――」

「もちろんそれだけじゃないよ」

食い気味に否定してきた。これだ。これが中学の時オレが大嫌いだった「頭が良すぎる太朗」だ。

「オレンジジュースばかり買ってるというのも変だなと思ってた。でもバーテンダーを目指してるって考えれば、オレンジジュースは馴染みのある味で変化に気づきやすいし、混ざった時の色合いがはっきり出る。ノンアルのカクテルも多いから、目指してる人の練習台に丁度《ちょうど》いいよね」

ぐうの音も出ない。さすがに家にある酒を使うのはまずいと思って、ジュースベースのオレンジフィズや、シンデレラばっかり作っていたが、バレないためにやっていたことでバレてしまうとは……。

「クローゼットにあった黒いベストも、形だけでもバーテンダーになってモチベーションを上げるため。さっき言ってた腱鞘炎も勉強で、じゃなくて、夜な夜なシェイカーを振っていたから痛めたんでしょ？」

「はぁ――……」

深いため息が出る。

「やっぱりお前って凄いな、自慢の従兄弟だよ。だけど今日会いたくなかったな」

「ごめん」

「大学を卒業した後でもバーテンダーにはなれる。だけどお前の言う通り、本当はオレ、早く現場に立って、マスターになりたいんだ。オレが、何でこんなにバーテンダーになりたいかっていうとさ」

「熱海のホテルでしょ？　毎年家族で行ってる。いいホテルだからバーがあって、そこでカッコいいバーテンダーさんに会って――」

「うぉおおい!!　言うなよ!!　今いい感じに語りそうだったろ！　オレ！」

「え……？　いや、だって、わかるから……」

「こういう時はわかってても！　喋らせるんだよ！　会話下手《へた》だぞお前！　バーテンダーになれないタイプ！」

「まぁ、ならないからいいけど」

「お前さぁ……」

「じゃあさ、僕が全然わかってない部分の話、聞かせてよ。そのバーテンダーさんのこととか」

「はぁ――……」

再び、深いため息をついた後、オレは憧《あこが》れのバーテンダー高橋《たかはし》さんについて喋り始めた。


熱海のホテルに泊まった時、当時小五だったオレは、寝つきが悪く寝汗も酷《ひど》かったので、一人で大浴場に行こうとした。だけど、フロアーに出たら迷ってしまい、間違えてホテルのラウンジに入ってしまった。それが高橋さんとの出会い。不安そうにしていたオレを大浴場まで連れてってくれたので、風呂あがりにラウンジに戻り、「ありがとうございました」と伝えたら、「坊主《ぼうず》、コーヒー牛乳とか飲んだか？」と聞かれた。お金を持ち歩いてなかったので首を振ると、「そいつはラッキーだったな」とシェーカーを取り出し、見事な腕さばきで振った後、グラスにカクテルを注いだ。

「お客様、こちらフローズン・チチでございます」

そう言われて小さなオレの手に渡ったそれは、オレにとって初めて目《ま》の当たりにした大人の飲み物で、黄色くてとろみがあり、凄くキラキラしていた。

普段飲んでるジュースとか、お菓子とも全然違う、とても贅沢な雰囲気に圧倒されていると、「ご安心下さい、こちら本来はウォッカというお酒が入っているのですがお客様のために、牛乳を代わりに入れております。ココナツミルクとパイナップルジュースのカクテルですので、牛乳でも充分美味しく召し上がれますよ。どうぞ」と促《うなが》された。

言われるがままに口にすると、シャーベット状になったカクテルはお風呂あがりの火照《ほて》った体にぴったしの冷たさ。それに加えて、今まで舌で味わったことのない甘さが、一口で全身に満ちてくるので、その幸せな時間が終わるまで次の一口を飲みたくないと思った。いつもお気に入りのジュースはすぐ全部ごくごく飲んで怒られるのに、好き過ぎると、かえっていっぱい飲みたくなくなるなんて。

十分以上かけて、小さなグラスのノンアルカクテルを飲み終え、「ご馳走《ちそう》様でした、あの僕、こんな美味しいの初めて飲みました。美味しいの、ありがとうございます」と正直に伝えると「こちらこそ、ありがとうございます。こういった場所で働いてると、お客様より三十も四十も年上なのに、ご馳走様でしたも言わないお客様もいるのでとても嬉しいです」と口端をきゅっと上げたニヒルな笑顔で返してくれた。子どもの自分にこんなに丁寧《ていねい》に接してくれるなんて、このおじさんはなんてカッコいいんだ。

夜も遅かったので、ラウンジから部屋に帰ろうとすると、急に高橋さんは口調を変えた。

「坊主！　今日は特別に無料でカクテル出したけど、次このホテルに来た時は百円でいい、お金を持ってこのラウンジに来な。そしたらまた美味《うま》いカクテルと、俺なりの極上のサービスをしてやるよ。出来るよな。坊主はバーにいきなり一人で入店出来た、バーのエリートさんだからさ。あ、オレ名前、高橋、高橋なー！　おやすみー！」

今度はさっきと違い大きく口をあけて、だらしないおっさんの笑顔で呼びかけてきた。そこで益々《ますます》高橋さんを好きになった。翌年このホテルにまた泊まり、夜中にこっそりラウンジに行くと、

「あ！　坊主久しぶり！　今年は大浴場わかったか？」

完全に覚えてくれていた。グッと来たオレもお返しに、

「もう迷わないよ。お金も、持ってきた」と百円玉を見せる。

「お客様、お待ちしておりました。今日も最高のカクテルをお出しさせていただきます」

これを聞いてから、どんなに親とぎくしゃくしても毎年熱海の旅行は行くことにしたし、オレにとって目指すべき大人と、なりたい職業が決まった。


「まぁ、こんな感じかな。だけどさ、お前も言った通り、母さんは良い大学に入れそうなオレに期待してるし、バーテンダーになりたいなんて言っても絶対反対されるからさ……」

「いやいやいやいやいや！　言いなよ、おばさんに！　タケ兄！　これ滅茶苦茶いい話だよ！　あと長いエピソードも淀《よど》みなく喋れてるし、完璧だよ」

「いや、さっき面接の練習でお前、オレのことボロクソ言っていただろ、そんなオレの話なんて」

「あれは建前だからでしょ？　本音で喋れたら全然、僕より熱意伝えるの上手いよ！　動機もあるし、今までの練習活かして、シェーカー振って、おばさんにカクテルを出せば実力も評価される。おばさんの面接、絶対合格だよ！」

いきなり熱くなる太朗に面食《めんく》らう。そうなのか？　確かに誰にも喋っていない、もちろん練習なんてしたことない話なのに、結構止まらず喋れたな。

「この情熱があれば、反論だったり変な質問されてもぶれないよ。面接の練習につきあって良かった。頑張って、タケ兄」

「太朗……」

コイツ、才能あり過ぎて意図せず周りを傷つけちゃう悲しい奴だと思っていたけど、その才能以上に献身的《けんしんてき》で、正直であったかい男なんだな。

そんな太朗は、ふとオレの後ろにある壁掛《かべか》け時計を見た瞬間、血相を変えた。

「うわあ！　タケ兄ごめん！　時間過ぎてた！　じゃあね！」

「あっ待て！　太朗！」

ありがとうと伝える間も無く、一階への階段を二段飛ばしで降りて、太朗は我が家を飛び出していった。ビビりながらも少し笑顔だったな。あいつにとっての丸木って番長は、オレにとっての高橋さんに近いのかな。

夕飯の時、母さんに後で話があると伝えた。風呂からあがり、太朗からの激励《げきれい》を思い出し、母さんの部屋の前で立ち止まる。二回、扉をノックした。

「失礼します」

ドアを開ける。

「何よタケル、普段ノックもしないくせに……あと失礼しますって！　そんな面接みたいな」

「母さん、あのさ」

＊

あーーやっちゃったなーー。遅刻か……丸木さんキレそうー。しかし今日たまたまバー「ドゥマン」のお手伝いだったから、タケ兄の夢に気づけたってところもあったな。ドゥマンのマスターもピリッとして怖いんだよな……。あっ、まだ看板出てない！　間に合ったか。

「お疲れ様ですー……」

入るとカウンターにマスター一人だけ。

「あれ丸木さん、まだですか？　よ、良かったー」

そう言った瞬間、後ろのドアが開き、果物が大量に入った紙袋を両手に持った丸木さんが現れた。

「てんめえパシリ！　お前が早く来ないから！　いつもお前がやってる買い出し、オレがすることになったじゃねえか!!　殺す!!」

「ひえええぇ！　すいませぇん!!」

殴りかかられる寸前、紙袋をチェックしていたマスターが丸木さんを怒鳴《どな》った。

「丸木君！　グレープフルーツ一個かじってあるけど⁉」

「あ！　申し訳ない……帰り、腹減ってたもんで」

「今日の用心棒代から引いとくよ」

「へい……」

助かった……しかし丸木さんをもショボンとさせるドゥマンのマスターは何者なんだ。

そこから三時間、お客さん同士の揉《も》め事を一回丸木さんが制して、ドゥマンのお手伝いを終えた。ドゥマンはまだ営業しているが、僕らは先に帰る。意外と丸木さんはウチの高校のバイト就業規則を守っている。だが、コレはマジメな訳ではなく、丸木さんはただ夜更《よふ》かしが苦手なだけである。夜の空気を二人で吸う。

「で、今日は何で遅刻してきたんだ」

事情を説明する。大学の面接なんて一ミリも考えてない丸木さんは、最初いきなり眠そうにしていたが、後半に差し掛かるにつれてしっかり聞いてくれた。話し終わると同時に、タケ兄からラインが来た。「母さん、バーテンダーになる道、許してくれたよ。熱海のホテル大好きだからあそこで働いてほしいって。ラウンジのバーに行ったことないから次は家族皆で行くことになったわ、ありがとう」この画面を丸木さんに見せる。

「パシリよ、結局、正直な気持ちってのが一番簡単に伝わるよな」

「そうですよね」

「大事なのがよ、大人でも正直であるってことなのよ」

「大人でも？」

「さっき話に出てた高橋？　だっけ？　そのバーテンダーも酒を出すならお金が欲しい、これが言えるってのも大切なことよ。商売はお金があって成り立つんだから。大人で正直な奴は少ない。正直な大人には惹《ひ》かれるよな」

そう言う丸木さんは少し寂《さみ》しい顔をしてた。丸木さんは本当に強いし、頭を下げる大人も多い。だけど正直じゃない大人を察知出来るほど、この人は繊細《せんさい》でもあるのだ。

「ドゥマンのマスターは？」

「あいつはただ怖いだけ」

本当に何者なんだ……。

「パシリよ、オレも正直な気持ち伝えていいか……？」

えっ、何を言い出すんだろう……。

「粋《いき》なことはしてると思うが、もっと早く解決してドゥマンに来いやー!!」

「ぎゃあ——!!」

頭をガンガン揺《ゆ》らされる。そうですよね、結局、お使いに行かされたのが一番ムカついてるんですよね。そういうところが、いいと思ってます。

脳裏《のうり》で、我慢《がまん》してるタケ兄の顔、解放されたタケ兄の顔、さっき名言っぽいことを言った丸木さんの顔がシェイクされる。口から何か出た。カクテルではない。

消えたメリケン

県選抜の強化合宿から帰ってきた次の日の授業は、とにかく眠い。それでもしっかり受けないと、教師から「テストの点が悪いのは頭にパンチ食らってるからか？　ミドルボクサー」と小言をもらってしまう。

小さい頃から、ＴＶでやってるボクシングの試合を見るのが好きで、親に頼んでジムにも通わせてもらっていた、思っていた以上に向いていたらしく、もしかしたら世界も狙《ねら》えると小五で言われて、尚《なお》のこと練習に打ちこんできた。まさにミット、サンドバッグに打ちこむ日々だった。

高校もボクシングが強いところが良いと思って、自分の学力よりは少し下がるがＮ高を受け、厳しいトレーニングの甲斐《かい》もあって、全国にも今年初めて行けた。神奈川で最も強い高校生ボクサーだと取材を受けたこともある。だが最近、常々思う。自分が求めていた「強さ」とはなんだろうと。

ボクシングが強くても、今、部で起きてる大問題は自分には解決出来ない。ボクサーが戦える場所は、リングの上だけ。自分は人の役に立っているんだろうか。周りに比べて凄《すご》く小さな世界でしか生きてないし、自分だけが得をしていて申し訳ない気すらする。しかし、その世界に繋《つな》がる部活動も、今、廃部に追い込まれようとしている。

ウチの学校で教師にも解決出来ない問題は、皆、丸木大也《まるきだいや》という番長に頼んでいる。同じクラスだから、本来は頼みやすいんだが……丸木は一時間目の途中から教室に入ってきて、机に座るなり爆睡《ばくすい》。お昼に一回起きて、ふらっと中庭に出て、五、六時間目、放課後まで大いびきをかいてまた爆睡。話しかけるタイミングが無いから、同じクラスでもコイツと仲が良い奴はほとんどいない。ただ、今は時間が無い。コイツに頼まないと。

「丸木、なぁ丸木」

「ああん⁉　あぁ……なんだ村田《むらた》かい。なんか用か」

起き抜けの殺気《さつき》が凄いな……本当にガラが悪い。本来はあまり関わりたくないんだが。

「なぁ丸木、お前に頼みがあるんだ」

「頼み？　なんだよ、しょうもないことだったら受けねえぞ」

「ウチのボクシング部の後輩が、二日前の土曜の昼過ぎ、K高から乗り込んできた青山《あおやま》って不良と部室で喧嘩《けんか》してボコボコにやられたんだ」

「あ？　まさかそいつのカタキ取れって言うんじゃねえだろうな。それは受けねえぞ。一方的な暴力じゃなくて、喧嘩はそれぞれの自己責任。負けた奴のケツを拭《ふ》くなんてダサいことオレはしない」

「そんな話じゃない。後輩が悪いなら、オレらは関わらない」

我々の拳《こぶし》は喧嘩の為《ため》ならず。部室の壁《かべ》にずっと貼《は》られている標語だ。書かれている紙はボロボロで、十数年は経っている。この標語は部の第一規則になっている。よって喧嘩を買って返り討《う》ちにされた後輩は間違いなく退部となるだろう。明るくて人懐《なつ》っこい奴だと思っていたが、残念に明るい奴だったようだ。

「じゃあそれで話は終《しま》いだろ」

「問題は、不良の青山がメリケンを付けてたことなんだ」

「メリケン？」

メリケンとは、拳に付ける鉄製の凶器、メリケンサックの略だ。親指以外の四本の指に装着し、本気で殴《なぐ》れば大怪我《おおけが》必至の武器。大昔から不良が持ってるイメージがある。

「メリケン使って素手《すで》の奴ボコしてたのか。それは筋が違う、男じゃねえな」

「そこは人それぞれだと思うが……実は喧嘩の後、青山がウチの学校でメリケンを盗《ぬす》まれたって騒《さわ》ぎ始めたんだ」

「盗まれた？」

「あぁ。指に長く付けてると締《し》め付けられるとかで、喧嘩の後はすぐ外して、学ランのケツポケットに入れてるそうなんだが、ウチの学校を出た直後に落としたことに気づいたらしい。急いでボクシング部の部室に戻ったんだが、そこにメリケンは無かった」

「なんか間の抜けた奴だな……」

「喧嘩してた後輩は伸びてたし、観戦してた他の部員もそいつの手当てをしていて、メリケンについては見てないの一点張り」

「お前はどうしてたんだよ、ボクシング部のエースさん」

「オレは昨日まで県選抜の合宿に行ってたんだ」

規則で、合宿中はスマホを監督に預けていたので事件を知るのが大分《だいぶ》遅くなってしまった。三年の先輩はビビッてしまって、誰もこの件に関わろうとしない。

「一番問題なのは、いちゃもんじゃなく、どうやら本当にメリケンが消えてることなんだ。青山の奴、そこにいた部員全員脅《おど》しても白状しないから、二日後の今日、午後五時にもう一回ボクシング部の部室に来て、持ってる奴をボコして取り戻す、その後、連帯責任でこの学校全員血祭りにあげるって宣言したそうだ」

「ほう、連帯責任ね。それはお門違《かどちが》いだな、関係ない生徒が傷つけられたらオレは黙《だま》っちゃいない。この学校の番長だからな」

噂《うわさ》には聞いていたが、物騒《ぶっそう》な考えと正義感、両方持ち合わせているんだな……。

「助かる。そしてちょっと図々しいんだが、その上で……消えたメリケンも探してほしいんだ」

「あ？　探す？」

「結局、暴れた青山を丸木が倒してくれても、メリケンが出てくる訳じゃない。その場合、誰かがメリケンを持ってる訳だろ。武器を手にしたそいつが、変な気を起こして新たな事件を起こす可能性もある」

青山の件は向こうが乗り込んできたから喧嘩した部員は処分されるだろうが、もしも落ちていたメリケンを使って部員が事件を起こしたら、ボクシング部は廃部だ。

「……なるほどな」

「オレよりも、番長の丸木がウチの部員に正直に言えって問い詰めた方が、メリケンを出してくれる可能性が高いと思うんだ」

「そういうことか、だが待ってくれ。それで絶対上手くいくのか？」

「お前の脅しでも耐《た》えられる奴がいるってことか」

「いや、それはあり得ねえ」

即答か……普段どんな脅しをしてるんだ。

「なんかこういう時って、ややこしくなる気配があるんだよな……なぁ、この件引き受けるが、急ぎだよな」

「あぁ、五時まであと一時間ちょぃしかない」

「わかった」

すっと息を吸う丸木、次の瞬間。

「パシリ！！！！！！」

突然の怒号に、教室に残っていた全員が耳を塞《ふさ》いだ。教室の窓もビリビリ震《ふる》えている。一番間近にいた自分は、音量だけで気絶しかけた。たまに校舎にこの声が響き渡ってるなと思っていたが、ここまで大音量だとは……。

二十秒ほどして引き戸が開き、小柄《こがら》な少年が入ってきた。この一年生、岡部太朗《おかべたろう》も、ある意味、有名人だ。岡部が何か丸木に謝り、丸木が怒りながら岡部をこづく。だが耳の中がずっとキーーンという音に支配されて会話が全く入って来ない。

「……んだからお前はずっとパシリで」

「あ、丸木さん、村田さんもう聞こえてるはずです」

「丸木、なんなんだ今の大声は……」

依頼してる側だが、さすがに抗議してしまった
「いや急ぎだって言ってたから、ラインするよりこっちの方が絶対気づくし、早く呼べるだろ」

「声のする方向も大体わかるので」

どんな関係性なんだよ。大体、岡部のクラスは一階で、このクラスは四階。岡部の走る力も、階段を駆《か》け上がる力も尋常《じんじよう》じゃない。

「相変わらずお前も凄いな、体力測定マスター」

「いやぁ、あれはたまたまですよ、偏《かたよ》ってますし」

謙遜《けんそん》する岡部。だが、こんなヒョロヒョロなのに、ウチの高校の短距離走、長距離走のタイムは校内一位、反復横跳びもオレに次いで校内二位だ。ただ本人も言ってるが、握力《あくりよく》に関しては女子の平均以下だったり、遠投も全然だったり、能力のバラつきが凄い。幾つかの運動部がスカウトしてるが、「自分はパシリとして丸木さんの側《そば》にいなくちゃいけないので」と断ってるらしい。因《ちな》みに丸木は、毎年、体力測定の日は学校にいながらサボっている。

「何を照れてるんだよ！　調子こくな！」

頭を叩《たた》かれる岡部。

「すいません！　あの、僕が呼ばれた理由は？」

「お前、メリケン持ってる奴探してくれ」

「メ、メリケン⁉」

「それだけ言ってもわからないだろ……」

戸惑《とまど》う岡部に事情を説明した。

「なるほど……因みに村田さん、メリケンの形とか色は？」

「形は普通だが、色は赤黒かったそうだ」

「赤黒い？」

「青山曰《いわ》く、元々は黒のメリケンだったのが、それで殴った大勢の血がこびりついて赤黒くなったらしい」

「キモ。そんなこだわりがあるなら確かに執着《しゅうちゃく》するわな」

「村田さん、話はわかりました。じゃあ早速部室に行きましょう」

二人を部室棟《とう》の一階のまん中にある、ボクシング部の部室に案内した。喧嘩が起きた時の部員四名も呼んである。ドアを開けてすぐ、そいつらを見るなり丸木が叫《さけ》んだ。

「おいお前らぁ!!　オレのこと知ってるかぁ!!」

「はい！」

つい一昨日《おととい》、青山の恐怖に飲みこまれたからか、すぐ従順に返事をする部員達。

「何で青山なんてチンピラと学校でやりあったんだ」

「オレ達三日前に近くの公園でふざけあってたんです。プロレスラーのグレイテスト庄司《しょうじ》のモノマネとかしてて。『オレはどんな悪党が来ても、ビビらずそいつらを成敗《せいばい》してやる！　リングの上で』って庄司の台詞《せりふ》叫んだら、その公園にいた青山が、じゃあオレを成敗してみろよって急に絡《から》んできて。その場は逃げたんですけど、特定されて乗り込まれました」

「はぁん、グレイテスト庄司ね。オレ好きじゃねえんだよな。ヒーローぶってるけど、うさんくさい顔してるだろ？　今はもう大分ジジイだし。それに、青山が乗り込んできたら、カッコつけて喧嘩するんじゃなくて先公呼べよ！　大体ボクサーなら、プロレスラーじゃなくてボクサーのマネをしろ！　ボクサーの！」

「すいません……」

先生を呼んで解決してほしかったとはオレも思ったが、大分理不尽に怒られてるな。

「まぁいいわ。じゃあこの中で一昨日、青山のメリケン、盗んだ奴はいるか！　今白状すれば、そいつは殴らない。今すればな！」

部室の中がシンと静かになる。

「いないな、本当にいないか、殴られる奴が出てくるか、これからわかる。おい、パシリ」

「はい」

「探れ」

「わかりました」

そんなざっくりした一言でいいのか……？　結構細かく自分の言う通りにさせそうなイメージだったが、思ったより信用してるんだな。

「これから一人ずつ当時の状況をお聞きします。因みに村田さん、実際に喧嘩した部員の方はどうしていますか？」

「あぁ、休んでいる」

「了解です。そうしたらお一人ずつお話を聞きます。他の方は部室の外でお待ち下さい」

最初の一人と岡部が約三分、密室状態で話し、全員聞き取ったところで再び皆を部室に入れる。

「聞き取りの結果、四人とも嘘《うそ》をついてないと判断しました」

「岡部、本当か」

あまりにもさらっと言うので、確かめてしまった。

「はい。自分自身の状況や、他の人間が何していたか、覚えてるだけ言ってもらいましたが、不自然な点は無かったです」

思わず丸木の方を見て目が合う。

「コイツがしっかり喋《しゃべ》って嘘を見破れないってのは、相手が素人《しろうと》ならまずない」

素人以外ってどんな奴だよ……。

「この人達を疑うのは見当違い、いやボクシングだけに拳闘《けんとう》、違いですかね」

「……どういうことだよ!!」

丸木がどついた。オレはさすがに意味はわかるが、丸木には難しかったろうな……。

「つまりボクシング部でメリケンを盗んだ奴はいない。メリケンを落としたのは青山の勘違いってことか……」

ふーーっと安堵《あんど》の息が漏《も》れると、岡部が間髪《かんはつ》入れず制してきた。

「村田さん、何安心してるんですか。むしろ逆ですよ」

「逆？」

「メリケンを落としたのは勘違いじゃない。ここじゃない他の場所で落として、誰かに拾われた可能性があるんです」

そう言われた瞬間、頭から血の気が一気にひいた。

「拾った方は、下手したらメリケンが何に使うものかわかってないかもしれません」

最悪の状況だ。

「青山が、この学校に来て標的にするのは……」

「そのメリケンを拾った生徒です。男子でも女子でもあり得る」

丸木の舌打ちが聞こえる。

「まずいな、オレらが青山より先にその生徒を見つけねえと」

「何事かもわからず、襲《おそ》われる……」

土曜とはいえ部活動で来ていた生徒はたくさんいた。その中から拾った生徒を探すなんて。

「村田さん！」

岡部の声で我に返る。

「時間がありません、青山は校門で気づいたんですよね？」

「あ、あぁ」

「なら、部室から校門までの通り道で活動していた部活の人達に片《かた》っ端《ぱし》から聞きましょう。青山が気まぐれに早く来てしまった時のことも考えて、校門方面から」

「わかった」

メリケンを拾った人間が早く見つかるよう願いながら、丸木、岡部と校門へ向かった。

校舎やグラウンドに入る前でも活動している部活動がある、園芸部だ。丁度《ちょうど》部長の山内《やまうち》先輩が、花壇の小ぶりな花に水をやっていた。新入生歓迎会で、育てた花を熱心に紹介していた印象が強い。岡部が声をかける。

「山内さん、こんにちは」

「やぁ岡部くん、この間パンジーが枯《か》れかけてるの教えてくれてありがとね」

「いえいえ。山内さん、ひとつお聞きしたいんですけど、一昨日の土曜のお昼って園芸部は活動してました？」

「土曜はやってたね。畑の当番で僕とあと、数人来てたよ」

「なるほど、その時にメリケンサックを拾ったって部員はいませんでしたか？」

「メリケンサックって、何？」

まぁ園芸部には縁が無いよな……。

「拳に付ける金属製の武器です、赤黒いやつで」

「うーん、少なくとも僕は見てないし、報告も受けてないなぁ。あ、拳と言えばあの木見てよ」

白い花が咲き誇った木を指さす。

「あの木はこぶしって言って、花が散った後、それこそ拳みたいにボコボコした実が生《な》るんだよ。大分前の卒業生が植えてくれた木なんだけど、毎年この綺麗《きれい》な花と、キモカワなボコボコ、二回楽しめるのがたまんないんだよね」
「木の話なんかどうでもいいんだよ！　お花野郎《やろう》！」

「ひぃ！」

丸木に一喝《いっかつ》されて、ビビる山内先輩。気の毒だとは思うが、確かに今のオレ達には彼の植物愛をたっぷり聞くだけの余裕がない。

「ご、ごめんなさい。今、お花野郎って言われましたけど、僕らは、お花を愛《め》でてるだけじゃなくて……育てたじゃがいもとか、へちまとかを欲しい人にあげたりもしてて……」

「山内さん、こちらこそすいませんでした。また僕が個人的に畑に寄りますね」

涙目《なみだめ》の先輩を背に、次の調査に向かう。しかし丸木に一喝された上で、まだ畑の良さを語るとは……ウチの部員より度胸があるぞ。

次に着いたのは昇降口から部室棟へ繋がる、廊下《ろうか》の途中にある家庭科室。聞くのは調理部。しかしさっきの山内先輩との会話で、大分、丸木がイライラしてたが大丈夫かな……。案《あん》の定《じょう》、家庭科室の引き戸を丸木が乱暴に開ける。

「邪魔《じゃま》するぞ！」

そんなにデカい声で挨拶《あいさつ》したら、普段、丸木と接点が無いこの子達は怯《おび》えてしまうだろ……。

そう思った矢先、一人の女子が近づいてきた。

「あ、まるまる～、どうしたの」

「甘《あま》ちゃん、悪いな部活中に」

「いいけど～」

なんだ、この信じられないほど、のほほんとした空気は。

「太朗ちゃんもいる～。どうしたの～？」

「村田さん、こちら二年三組の甘粕優衣《あまかすゆい》さん。甘粕さん、こちら二年五組の村田京平《きょうへい》さん」

「あ～ボクシングの人だ～。どうも～甘粕です～」

「どうも」

おかっぱで少し丸顔、穏《おだ》やかな笑み。暴力とは程遠い見た目だ。丸木と知り合いなのが信じられん。

「甘ちゃんはな、料理の腕がピカイチなんだが、お菓子《かし》作りも得意で、これが最高に美味《うま》いんだよ」

「まるまるは～、お菓子の課題の時に必ず来てもらってるの～。美味《おい》しく食べてくれるし、その上で違和感を少しでも覚えると具体的に言ってくれるから助かるんだ」

いつもあんパンとかメロンパンとか食べてたが、本当に甘党《あまとう》なんだなコイツ……。

「甘ちゃん、メリケン探してるんだけど、持ってたりしないか？」

「メリケン？　あるよー」

「本当か⁉」

思わず迫《せま》ってしまった。

「え、怖い～……持ってくるから待ってて～」

良かった、ようやくこれで解決か。ホッとしてる中、戻ってきた甘粕は、紙袋を持っていた。

「ん？　これは……？」

「メリケン粉……これじゃないの～」

何を言ってるんだ……青ざめてるオレに岡部が説明する。

「メリケン粉は小麦粉のことです、育った家によってはこういう風に呼ぶ人もいます。甘粕さん、僕らは拳に付けるメリケンサックという武器を拾った人間を探してます。土曜日の昼はここ使ってました？」

「あ～、午前中から使ってたね。でも私お昼から塾に行くために抜けてるから、あんま状況わかってないかも。そんな物騒なの拾ったとかも聞いてないな～」

「そうですか……」

壁にかかってる時計を見る岡部。残り二十分。時間が無い。まだ回るべき部室もある。

「すいません甘粕さん、お邪魔しました」

「おい待て、パシリ」

ここに来て一番真剣な表情で丸木が岡部を止める。何かあるのか。

「甘ちゃん、一昨日は一体何の料理を作ったんだ」

料理？

「一昨日はサラダだね～、部員二人がメインの調理担当で、他の部員は軽く手伝いに入った後、試食してどっちの方が美味しかったか投票するって企画」

「なんか凄い本格的ですね」

「全然！　対決企画はちょくちょくやるんだけど、一昨日はすんごいグダグダで。午前中、学校に集まってからサラダって決まって、対決する堀切《ほりきり》ちゃんと福田《ふくだ》ちゃんもそこから買い出しに行って、帰ってきた時に私が抜けたかな～。今日、二人はまだ部活に来てないから、何サラダ作ったかはわからないけど、二人とも買ってたのは玉ねぎときゅうり。で、堀切ちゃんはさらにレタス、ごま油、醤油、焼きのりを、福田ちゃんはにんじん、ハム、マヨネーズを買ってたよ～」

「サラダか……」

押し黙る丸木、何かここにヒントが？

「はずれの日だな……マフィンとかだったらまだ余ってるかなと思ったんだが……行くぞ」

ふざけんなよ。もしコイツが番長でなければ右ストレートを顔面にお見舞いしている。絶対に。気まぐれで三分もロスした……。

最後に向かった先は部室棟の一階、ボクシング部の手前にある演劇部の部室だ。ここの部長は隣同士の関係で、一応顔見知りなのでオレがドアを開ける。

「すみません、部長の多田《ただ》先輩はいますか」

部員達は、狭い部室の中で黙々と何か大きなセットを作っている。聞いてはみたが、明らかにノーウェルカムなムードだ。奥で、一際《ひときわ》大きな板に細かく絵を描いている、多田沙耶香《さやか》先輩を見つけた。

「多田先輩、お疲れ様です、隣のボクシング部の村田です」

「……」

「あの、ちょっとお聞きしたいことがあって。土曜日のお昼って演劇部の皆さん、この部室にいました？　部室棟の廊下で何か拾った部員とかいたら教えてほしいんですけど」

「あのさぁ」

ずっと無視を決めこまれていたが、ようやくこちらを見てくれた。睨《にら》みつけてはいるが。

「もっと最初に言うことあるでしょ。ウチら土曜にここで次の公演にむけて稽古《けいこ》してたけど、あんたらの騒動のせいで皆震えあがって何も出来なかったんだけど」

鋭《するど》い視線と言葉が胸を貫《つらぬ》く。

「すいませんでした。ちょっと今時間が無くて……焦《あせ》りで配慮が足りませんでした、大事な時間を、ウチらのせいで奪《うば》ってしまい申し訳ありませんでした！」

深く頭を下げる。

「頭下げなくてもいいよ。私、何されても許す気ないから」

その場にいる全員に緊張が走る。ここの部員にとって、多田先輩は丸木よりも怖い絶対的な存在らしい。

「私、ホント嫌《いや》なんだよね。この部室の配置。私らは大道具の搬出があるから、必然的に階段使わない一階になるし、そうなると、サンドバッグとかトレーニングマシンとか置いてるボクシング部の横になる。基本、運動部と文化部ってきっちり区切られてまとめられてるのに」

確かにウチの高校は、他校に比べると部活動の数が多いので、部室棟も二階は文化部、三階は運動部と決められていて、一階のみ入り口から演劇部、ボクシング部、軽音部と混ぜられている。

「軽音部の横じゃないだけマシかなと最初思ったけど、やっぱこの高校って圧倒的に運動部の子達が問題起こすよね。ウチって公立の割に運動部で結果出す生徒多いけど、私の親とか親戚は、N高は血気盛んな生徒が多いからそのエネルギーをスポーツに転化してるんだなぁとかほざいてたよ。くだらない。問題が起きてる時点で転化出来てないし、結果出したらその問題もチャラになる空気みたいなのも大嫌い」

「申し訳ないです」

自分が頭を下げなくても良いと思うが、自然と謝ってしまう。

「一昨日みたいに貴方《あなた》達不良同士で潰しあいするのは、両方邪魔だから、別にいいけど、私達に迷惑かけないとところでやってよ」

感情の出し方や言葉選びが、こちらの心にグサリと刺《さ》さる。不謹慎《ふきんしん》だが、さすが演劇部の部長だな。そのパワーをこんなことで使わせてるのは心苦しい。

「で、何？　廊下で何か拾ってないかって？」

「はい、メリケンを拾った生徒を探してまして、あっメリケンって言うのは」

「知ってるよ！　帰ったと思った不良が戻ってきて、散々騒いでたからね。誰もそんな危ないもの拾わないよ。馬鹿《ばか》みたいに喧嘩する連中と私らは違うから」

「カッコいいお姉ちゃん、それぐらいにしたらどうだい」

侮蔑《ぶべつ》の目で吐き捨てた彼女の前に、丸木が割って入った。

「丸木君ね、君のことも知ってる。君がこの高校に来てから、マジでどうしようも無い連中はいなくなったし、ウチの部員とか、私の友達も助けてくれたみたいだから感謝してる。でも番長という、力の誇示《こじ》で物事を解決するやり方は賛同出来ない。それをしてる君も不良と変わらない」

「そうかい……それは、悪かったな」

キレ返すかと思ったが、意外と真摯《しんし》に受け止めたな。

「でもなお姉ちゃん、オレはこういうやり方しか出来ない。申し訳ないとは思ってるが番長を辞める気はさらさらないぜ」

「勝手にしたらいい」

「そうさせてもらうよ。邪魔したな」

部屋を出る前、多田先輩が描いていた舞台背景を見る。広大な宇宙に土星や木星、そして細かい星々が描かれていて圧倒される。

「この絵、凄いですね。多田先輩、美術部にも入ってるんですか」

おべっかを使うつもりじゃなく、自然と口に出た。

「絵は中学で辞めたよ。才能無かったからね。まあお芝居《しばい》も自分に向いてるかわからないけど」

すいませんという言葉が出る前に、彼女の表情がさらに険しくなる。

「大好きなものを辞めちゃうぐらいの壁っていうのが、凡人《ぼんじん》にはあるんだよ。君みたいに県の選抜入るような人間にはわからないだろうけど。早く消えて」

彼女の言葉に何も返せず、部屋を出た。その途端、昇降口の方から咆哮《ほうこう》に近い叫びが聞こえた。

「うぉーい！　オレのメリケン取った奴！　どこだぁー!!　出てこいやぁあ!!」

「青山！」

しまった……タイムリミットがもう来てしまった、結局メリケンは我々の手元に無い。手当たり次第にウチの生徒が青山に襲われる。どうすれば。

「おい！　パシリ！　パシリはどこだ！」

「えぇ!?」

確かに岡部の姿が見えない。青山にビビッて逃げたのか？　いやでもそんな卑怯《ひきょう》な奴には見えなかった。さっきも多田先輩と喋っている途中までは一緒にいた気がしたのだが、いつの間に。

「あいつ、一体どこに……」

「丸木さん！　村田さん！　すいません！」

部室棟の入り口に汗だくで岡部が駆けこんできた。すかさず丸木の右ストレートが岡部の顔面に入る。

「どふぅえ!!　すいません!!」

「パシリ！　この野郎、お前、青山より先に半殺しに――」

「丸木さん！　ごめんなさい！　聞き込みで閃《ひらめ》いてから、二人に相談する時間も勿体《もったい》なくて、独断でこれ回収してきました」

メリケンだ。どこで見つけたんだ……聞き込みで閃いたと言っていたが、全然ピンとこない。

「でかした！　半殺し無し！」

「ありがとうございます！」

もう結構強めに殴られてるから、無しにはなってない気もするが……。

「ここからはオレが頑張《がんば》る番だな」

岡部からメリケンを受け取ると、丸木はニヒルに笑った。

「とにかく青山のもとに行こう」

部室棟を出ると、K高の学ランを着たヤンキーと鉢合《はちあ》わせた。こいつが青山か。

「おい！　青山か？」

「あん？　おっ、これはボクシング部最強と言われてる村田選手じゃないですかぁー」

下品な笑みを浮かべている。

「あんたんとこの部員がオレのメリケン盗んでんだよ。どう落とし前付けてくれるんだ。あぁ!?」

「落とし前ならオレが付けてやるよ」

丸木が前に出る。

「てめぇは、丸木大也……大物が出てきたな。お前をぶっとばしたら、オレもこのあたりでデカい顔が出来るな」

「丸木、ここで喧嘩は……」

「わかってるよ、またあのお姉ちゃん達をビビらせる訳にいかないからな。青山、ちょっとこっち来いや」

部室棟裏へ移動し、丸木と青山が睨みあう。

「お探しのもんはこれだろ？」

丸木はメリケンを指でつまんで青山に見せる。

「丸木ぃ、てめえが持っていやがったのか」

「そうだよ。オレが拾ったんだ」

「じゃあ、さっさと返してもらおうか」

「わかった。喧嘩を素手でやらない、性根がひん曲がってる青山君に返してあげよう」

「あん？」

「どれぐらい性根が曲がってるかと言うとぉ‼」

メリケンを両手で持ち、力を込めたと思ったら、見る見る内にメリケンが内側に曲がっていく。信じられない！　鉄の塊だぞ！

「お、おい……」

青山も目が点になってる。

「よいしょ！　これが、お前の性根。ほい」

青山の足下に、ほぼU字磁石のようになったメリケンが投げられた。とてもじゃないが指に付けることは出来ない。

「丸木、この野郎……」

「おっ、やるのか？」

「後悔させてやるよぉ！」

そう叫んだ青山は拳を振りあげた、ただその矛先《ほこさき》は、丸木ではなく岡部に向けて。

「岡部！」

「わぁ」

気の抜けた声と共に、岡部が拳を避《よ》ける。えっ、避けられるの？

「あん？　おら！　おら！」

顔面に向けられたパンチを、上体を後ろに揺らしながら、完全に見切っている。これ……スエーバックだ。何でボクシングの基本動作を……興味あるとかも聞いてないし、天然でやれてるのか？

「何で当たらないんだ、てめぇ！」

「パシリ！　打て！」

「えぇ!?　はい！」

ずっと頭と上体を上下左右に動かして避け続けてる岡部の小さな拳が、青山の頬《ほお》に当たる。

ぺにゃ。

「えっ」

「は？」

ボクシングを十年やってるが、聞いたことのない打撃音。スライムを壁に当てた時みたいな音だ……。

「い、痛い。突き指したかも」

岡部が指の根元を押さえている。オレも青山もポカンとしてる。

「ダハハハ！　パシリはホント雑魚《ざこ》だな。なんだよ今のぺにゃって……」

丸木は爆笑してるが、避ける動きはウチの部員より上だったぞ。岡部って何者なんだよ。

「さて青山。お前、オレを倒せそうにないから、まずこの中で一番弱そうなパシリから潰そうとしたんだな。ホント腐《くさ》ってるわ。だけどお前はパシリにもパンチを当てられない、バカ弱クソ雑魚野郎なんだよ」

「んだとぉ」

怒りで顔を真っ赤にした青山が、丸木を睨む。

「よし、ちゃんとオレとやろうぜ。お前、ボクシング部に乗り込んだり、今もずっと殴ってたけど、パンチ限定？」

「何でもありに決まってんだろ！」

ヒィユッ!!! ズドン!! スヒユッ!!!

青山が喧嘩の条件を言った瞬間、三つの大きな音がほぼ連続で聞こえた。「ズドン」は丸木の拳が、青山の右あばらに当たった音。その前後の風切り音は、丸木が打撃のために右腕を引いた時に発生した音。パンチはそのまま殴るよりも。素早く引いてから殴り、当てた後また素早く拳を戻す方が威力《いりょく》が大きい。わかってはいるが、それにしても拳を引くスピードが速すぎる。プロでも見たことない。

「おらぁ!」

バキン!!

体勢を崩《くず》した青山の顎《あご》を、丸木が蹴《け》り上げる。パンチを当ててからすぐさま蹴りを入れている。一九〇センチ以上ある巨漢《きょかん》なのに、こんなに早く動けるのか。それにこの一撃の強さ。怖すぎる。

「あば……かかか……」

地面に倒れこみ、吐しゃ物をまき散らす青山。しばらく喋ることも出来なさそうだ。

「喧嘩の条件、聞いといて良かったわ。オレにパンチありって言うことは、私のあばら骨を折って下さいっていう意味。オレに何でもありって言ったら、えっ? 私の顎も砕《くだ》いてくれるんですか?? ありがとうございます! って言ってるのと一緒だから。覚えとけよ」

その言葉を聞くと同時に、青山が白目を剝《む》き、泡《あわ》を吹《ふ》く。全て次元が違う。勝てる気がしない。こういう人物と同じような動きが出来なくて、自分は世界を獲《と》れるのだろうか。

「しかしパシリ。メリケンはどこで見つけたんだ。どっかに落ちてたのか」

そうだ、その問題もずっと気になっている。

「いいえ、あのメリケンはやはり拾われていたんですよ。調理部の福田さんに」

「福田？　パシリ、福田って誰だ」

「丸木、福田は土曜にサラダを作ってた二人のうちの一人だ」

サラダ。確かにそんな話もあったが、それとメリケンが何も繋がって来ない。

「村田さん、さっき演劇部の部室で多田さんが、不良同士で潰しあいしてもらった方が良いって話してましたよね。それでメリケンを拾ったのは調理部の福田さんかもと思って、一人で家庭科室に向かいました」

「すまん……それを聞いてもイマイチ、ピンとこないんだが」

「若干《じゃっかん》遠かったですかね。重要なのは、サラダを作った二人のレシピです」

「レシピ……」

「二人が共通して買ったのは玉ねぎときゅうり。加えて、堀切さんが買ったものは、レタス、ごま油、醤油、焼きのり。これならチョレギサラダが作れる。一方、福田さんが買ってきた材料はにんじん、ハム、マヨネーズ。これだけだと何か足りないと思っていたんです。でも彼女は一番のメインを買ってくる必要が無かった」

「メイン？」

オレはあまり料理をしないから、これだけでもサラダとして成立すると思ったが……。

「じゃがいもですよ。園芸部の山内さんが育てたじゃがいもを貰《もら》っていたんです」

「おい待て、それじゃあ、まさか」

丸木が察したのか、急に青い顔になる。

「そうです。福田さんはメリケンで、じゃがいもを潰してポテトサラダを作っていたんです」

「お、おぇえ」

丸木が情けない顔でえずく。オレも言葉が出ない。まさかそんな使い方をしてるとは……。

「実際に福田さんに会ってメリケンを回収したんですが、彼女曰《いわ》く、ウチの家庭科室にはマッシャーが無くて、ポテトサラダは木ベラで芋《いも》を潰して作るそうです。これがか弱い女子だと上手くいかないそうで……。そうしたら、廊下に手で簡単に芋を潰せそうな道具が落ちてたから、ちょっと拝借《はいしゃく》したみたいです」

地面に落ちてる曲がったメリケンを改めて観察すると、赤黒い中に少し白いのが見える。じゃがいもか。

「なぁ、それそのまま嵌《は》めて作ってないよな……」

グルメだからか、丸木はオレらの中で一番ビビりながら聞いてる。コイツのこんな不安な顔、初めて見たな……。

「僕も気になって聞きました。拾った時になんか濡《ぬ》れてたり、赤さびが付いてたから、水で洗った後、熱湯消毒したそうです」

それはウチの後輩の血や、今まで殴られた奴の血が固まったものだ、とは言えないよな。

「おかげで福田さんは、サラダ対決に勝てたってご機嫌《きげん》でした。前に皆で作って食べたポテサラより、塩気があって美味しいと評判だったそうで……」

それは塩気じゃなく、血潮《ちしお》だったのでは……。

「福田さん、丸木さんに試食会また来てねと言ってました」

「う、うーむ、時間があれば……」

さすがにこの後すぐは食べる気にならないのか、返事を濁《にご》した丸木。確かに食欲が失せる話だったな。

救急車のサイレンが近づいてくる。いつの間に？

「丸木さん、呼んでおきました」

「タイミングバッチシだったな。コイツ見つけた時ぐらいか？　通報したの」

「はい」

戦う前から相手のアフターケアも考えていたのか。コイツ、ガムシャラに力を誇示したい奴だとずっと思っていたが、想像以上に懐《ふところ》も深い奴だったんだな……。

「村田、もうお前はどっか行け」

「え？」

「この場にいたら、お前の今後の試合も無くなるだろ」

「……ありがとう。本当に助かったよ、丸木、岡部」

「僕はただのパシリですよ」

そんな訳がない。こんなに頭が切れて、青山のパンチも冷静に避けていた。何かしらの訓練は受けているはずだ。

「なぁ、丸木、岡部。お前らボクシングやらないか？　いや、ボクシングじゃなくてもいい。その力をスポーツに活かした方が絶対いいぞ。丸木なんて中学の時、少林寺と空手で全国獲ってるんだろ？　どうしてこんな嫌われ者のなんでも屋みたいなこと」

「村田。オレはさ、お前みたいに立派で、強くねえんだわ」

「そんな皮肉やめてくれ」

「皮肉じゃねえ、オレはさ、どうしてもやり過ぎてしまう。近頃は力を制御することも諦《あきら》めてる。それだとスポーツのルールを守ることが出来ない。お前はさ、何ラウンドの中で自分がどう動こうとか考えられるし、相手も分析《ぶんせき》出来る。多分オレがボクシングを始めたとしても、一勝も出来ずに退場になるよ。相手を殺せってスポーツじゃないんだし、そんなスポーツ無いし」

コイツは今まで、どんな修羅場《しゅらば》をくぐってきたんだ。

「ちゃんとルールを守れる人間を、皆信頼するんだよ。ここは不良が多いから、オレは番長をやってるけど、オレよりもこの学校の大多数から求められてるのは、お前みたいなヒーローなんだよ、村田」

「丸木……オレはこの学校にいる少数の、本当に困ってる人間を助けられるお前の方が、ヒーローだと思うぞ」

「お前も誰かを助けてるんだよ。お前がボクシングで勝つことで、日々の嫌なことを乗り切れてる人間もいる。必ずいる。もしかしたらお前から勇気を貰って、オレなんかに頼らず一人で解決してる奴がいるかもしれねえぞ」

胸が、いっぱいになる。

「僕は、丸木さんのために自分の力を使おうと決めてるので、ごめんなさい」

「なーにがごめんなさいだ！　そもそもあんなパンチでボクシング出来る訳ないだろ！　ぺにゃってなんだよ！　ぺにゃって！　調子乗んなよ！」

「すいません！」

「大体メリケンを見つけられたのも、オレが調理部で何作ってたか聞いたからだろ？」

「そうです！　さすがです、丸木さん！」

「おう！　ただ食い意地が張ってただけじゃないからな！」

照れ隠《かく》しに大声で主張する丸木。今まで、岡部は丸木の奴隷《どれい》だと思っていた。だけど今は違う。岡部は丸木から絶大な信頼を置かれている、とても良いパートナーだ。オレも将来はこれだけ信頼出来るトレーナーに出会いたい。

「じゃあな、村田」

「あぁ」

部室へ向かいながら、丸木の言葉を思い出す。オレはボクシングで自分しか得をしてないと思っていたが、オレがボクシングをすることで、誰かを助けている。ずっと助けていたし、これからも助けられるんだ。

右の拳を強く握《にぎ》る。

*

青山が病院送りになって、三ヵ月後。僕と丸木さん、そして甘粕さんの三人は、茅ケ崎《ちがさき》の体育館にいた。ボクシングのインターハイ。村田さんの応援だ。

「いや〜、強いね〜田村君、準決勝まで全部ＫＯだよ〜」

「甘粕さん……村田さんです」

「あ〜、そうだっけ〜」

「甘ちゃん、クリームパン」

「は〜い」

甘粕さんは、ピクニック気分なのか、大量のパンを持ちこんでいて、丸木さんはあんパン、メロンパン、クリームパンの順でもう四周もしている。

「もう、まるまる食べてばっか〜」

「いいだろ、ちゃんと村田の時にデカい声で応援してるんだから」

「まるまるの応援、迫力あり過ぎて、あの選手、反社の人がバックにいるって、噂されてたよ
〜」

「なんだとぉ！　どこのどいつだぁ！」

「まぁまぁ丸木さん……あっ、そういえばパンフレット読みました？」

「パンフ？」

噂の出所を探しかねない丸木さんの興味を、上手くパンフレットに移させた。

「選手一人一人に、この大会、どんなボクシングをしたいですか？　って一問一答があるんですけど、大体が、一発でKOしたい、とか、緊張せずいつも通りにやりたい、とかなんですが、村田さんの回答見て下さい」


見てる人に勇気を与えるボクシングがしたいです。


「いい事言うじゃねぇか」

丸木さん、素《す》で言ってるな……多分、村田さんが、自分が言ったことに影響されてるのわかってない。この人って本当に腕力と同じくらい、言葉の力も凄い。

ふと前を見ると、少し先、右斜め前の席に演劇部の多田部長の姿を見つけた。驚いたが、丸木さんには言わないようにする。演劇部が久しぶりに学生演劇コンクールを通過したことで、彼女の内心にも何か変化があったのかもしれない。

「決勝始まる前にもう一個パン食いたいな。さすがに甘いパン行き過ぎたから、しょっぱいやつくれよ、甘ちゃん」

「わかった〜、じゃあ、とっておきのこれ。田村君にもさっき差し入れで渡したんだ〜」

「村田さんですよ」

「うげっ！　甘ちゃん、それ……」

甘粕さんが出してきたのは、ふかふかのコッペパンにポテトサラダが挟まれた、ポテサラドッグだった。あれから丸木さんは、ポテトサラダに対して苦手意識が芽生えてしまったみたいだ。

「え～、食べないの～。せっかく作ったのに食べなかったら、もうお菓子の試食会呼ばないよ～」

「ぐ、それは……」

丸木さんが逡巡《しゅんじゅん》している間に、決勝戦のアナウンスが流れた。

「赤コーナー、A高校、佐藤大志《さとうだいし》。青コーナー、N高校、村田京平」

「おっ！　む、村田!!!　ファイトー！　ぶっ倒せー!!」

村田さんがこちらに向けて笑顔で右腕を上げる。

「まるまる、食べるの、食べないの～」

「うぅ……」

カァン！

ゴングが鳴る。村田さんは絶対勝つ。何秒で相手を倒せるだろうか。もはやそこが楽しみだ。丸木さんは、ポテサラに勝てるだろうか……負けるところは見たくない。二つの試合、両方ともしっかり見なくては。

パシリとゲノム

一学期の終わりが近づくと、そろそろ二学期に教える授業の準備をしなくちゃなと、毎年考え始める。N高の生徒でもちゃんと勉強すれば、それなりに上を目指せる子達もいるから、なんとか手助けしてやりたい。放課後にそんなことを考えながら廊下《ろうか》を歩いてると、急に女子生徒から声をかけられた。

「モリセン！　どこ行くの」

「生物室だよ、安住《あずみ》さん」

「えー、何でそんなとこ行くのよー」

「何でって、そりゃあ僕、生物の先生だもん」

「はぁー、前も話したけどさー。モリセン、女バスの顧問《こもん》やってよ。学生時代バスケ部だったんでしょ？」

確かに一学期の中頃にも言ってたな、この子……。

「前も話したけど、今、女子バスケ部は小林《こばやし》先生が顧問やってるだろ？　経験もあるし、小林先生の方がいいよ」

「コバヤシ全然だめだよ。うっさいし、説教も長いし、ずっと訳わかんないこと言ってくんだもん」

「僕だって、顧問になったら説教タイプかもしれないよ」

「うーん……でもモリセンだったら説教されてもちゃんと納得出来そう、授業もわかりやすいし」

「いや、さらに別角度で小林先生ディスるなよ！」

「だってホントだもん。モリセン、女バス来てよー、ロッカーにコバヤシ来るとオヤジ臭凄《すご》いんだもん」

「小林先生、僕より年下だよ……」

ここまで勧誘《かんゆう》してくるのは、また好意持たれ過ぎパターンか……参ったな。四十二歳になってもこの感じなら、いつ終わるんだこの現象……。

身長一八二センチ。色んなところで女子受けする顔とか、笑顔が可愛《かわい》いとか言われたおかげで、同級生より早い段階で彼女が出来て、ビジュアルという部分では遺伝子に感謝していた。ところが教師になると、女子生徒からラブレターを定期的に貰《もら》うせいで、絶対に女子生徒に手を出してると、他の先生に言いがかりをつけられたりするようになった。昔はメアド、それからライン、今はインスタのアカウントを教えて下さいと言ってくる女子が必ず現れる。当然、一回も教えたことはない。大変なことも多いが、総じて生徒から嫌《きら》われにくい見た目で良かったなと、今でも思う。

「その身長、勿体《もったい》ないよ！　もう最悪、男バスでもいいから！　部長の山上《やまがみ》先輩もモリセン好きって言ってたよ」

「山上君は、僕とゲームの話したいだけだろ。あの子もスパモンやってるから」

生徒の懐《ふところ》に入るのは大事だなと常々思っているので、児童心理学を学んだり、会話が弾《はず》むように流行《はや》りの物に「痛いジジイ」にならない程度に手をだしたりもしてる。山上君もやってるスパモンは、長寿ヒットゲーム「スーパーモンスター」の略称で、強いモンスターを育てて掛けあわせ、さらに強いモンスターを生み出す。スパモンは、僕が子どもの頃から三十年以上流行り続けているので、二十五個下の男子生徒と話しても、引かれないから助かる。また不良の子もファッションの細かいところを褒《ほ》めると、「意外とわかってんじゃん」と照れてくるのも可愛らしい。

去年、ある生徒から「先生これ知ってる?」とスマホの画面を見せられた時はドキッとした。それはN高の裏サイトで、「N高ベスト10!」と書かれたバナーをクリックすると、好きな生徒、ウザい生徒、可愛い生徒、キモい生徒、好きな先生、死んでほしい先生というエグい項目の番付が目に入ってきた。

当然、先生の項目を見てみると、好きな先生一位が「森合《もりあい》先生」——自分だ。死んでほしい先生の方では一〇位内に入ってなかったので、心底ほっとした。投票総数がどの項目も三〇〇を超えているので、結構な民意だなと思う。当然、見せてきた生徒も僕のことが好きだから、見せたかったのだろう。ちょっと心臓に悪いが……。そこからちょくちょく、このサイトを覗《のぞ》きに行くが、一位が変わったところは見てない。心の安定剤になっている。

「っていうか、モリセン園芸部の顧問なのに、あんま花壇《かだん》行ってないじゃん、暇でしょ」

「それは部長の山内《やまうち》君が、出来るだけ自分達生徒だけで頑張《がんば》ってみたいって言うからさ。品種とか、どの種が育ちやすいとかは、僕もある程度知ってるから、山内君が困ってる時は必ず助言してるよ」

「ふーん。モリセンが楽したいだけじゃなくて？　この学校しょぼいから、こんな学校とバカ生徒に自分の時間かけてられない的な」

「とんでもない、僕はこの高校大好きだよ」

そこは強く言い返した。

「絶対ウソだよ、こんな学校のどこが好きなのよ」

「生徒が皆、素直なところ。あとはスポーツが強いってとこかな。青春してるなって思う」

「スポーツ好きなんじゃん！　じゃあ顧問してよ！」

「応援する側がいいんだ。自分がやったり、指導するのは向いてないって学生の時に悟《さと》ったよ。ほら早く体育館行きな、小林先生が待ってるよ」

「ちぇー」

口を尖《とが》らせながら渋々部活へ向かう安住。なんとか煙《けむ》に巻けて良かった……。

生物室で、実験用の器具の手入れをする。プレパラートや顕微鏡はもちろん、蛙《かえる》のホルマリン漬けなんかも、瓶《びん》にホコリが被《かぶ》っていたらピカピカに磨《みが》きあげる。あとは生体サンプルデータの整理とか。こうしてメンテナンスしていると、自分が生物教師なんだと改めて感じられるので、ルーティンとして欠かせない。

等身大の人体模型を触っているときに、引き戸をノックされた。

「はーい」

「森合先生、今お時間宜《よろ》しいですか？」

「あっ、はい！　今開けますんで少々お待ちを」

急いで鍵《かぎ》を外し、引き戸を開けると、小柄《こがら》な男子生徒がこちらを窺《うかが》うように見ていた。口調が丁寧《ていねい》すぎるので、教師と勘違いしてしまった。

「君は……一年生の岡部太朗《おかべたろう》君だね」

「はい。あの、森合先生、生物は二年生からの選択授業で、僕とは初対面だと思うんですが……」

「そりゃあ君のことは知ってるよ。ウチの番長、丸木《まるき》君といつも一緒にいるんだもん。何か用かい？　廊下で立ち話もなんだから中に入って」

このご時世で絶滅《ぜつめつ》しかけてる「番長」なんて肩書がある生徒がいるのも、この学校の好きなポイントだ。

「失礼します。急に押しかけてしまって、すいません。実はその、丸木さんに関わる話なんですが……」

丸木君絡《がら》みとなると、多分あの話か。

「森合先生、丸木さんの赤点を取り消してはもらえませんか？　このままだと、丸木さん進級出来なくなります」

「それは、難しいかなぁ」

「そこをどうにかなりませんか？　丸木さん困っていて……」

「そんな困るなら、自分で言いに来ればいいのに。僕と喋《しゃべ》ったこともない岡部君を寄越《よこ》すのはちょっと卑怯《ひきょう》なんじゃない？」

「丸木さん曰《いわ》く、なんかオレがあの先公に直接話しても絶対説得出来なそうだから、とのことです。あと普通に嫌いだから喋りたくないと」

「えぇ〜〜」

教師生活で一番言われたくない言葉を久しぶりに聞いた……。最初から一回も授業に出てない不良に言われるならともかく、丸木君ちょくちょく出てくれてるのに。まぁでも確かに、いつも寝てるか、こっちを睨《にら》みつけてるかの二択だがな……。

「勘弁《かんべん》してよ……丸木君って煙たがってる先生も正直いるけど、僕は丸木君の番長活動とかも結構、応援してる方だよ」

丸木君はしょっちゅう派手に行動を起こすので、職員会議で彼を退学にすべきだという議題が何回も上がった。そのたびに、まず校長がやんわり火消しに入るのだが、自分も必ず校長側についている。

「丸木君は僕のことを、どれぐらい嫌いって言ってる？」

「夜の校舎忍び込んでプレパラート割って回りたいと」

「凄いミニマムな尾崎豊《おざきゆたか》じゃん……」

言わずにはいられない。令和《れいわ》の高校生には通じないけど。

「というか岡部君さ、僕が丸木君に赤点出したの、生物の授業で皆に出してる超簡単な課題を一人だけ提出しなかったからだよ」

「聞いています」

「誰でもすぐ答えられる課題でしょ？　というか小学生でも出来るやつだから！　勉強できない子でも、この課題さえ解いてくれれば合格点を出すようにするよって言ってるから、毎年評判いいのに……」

そう、常に同じ問題を出している。プリントには一問のみ。

あなたと、親もしくは祖父母との繫《つな》がりを一五文字以上で説明して下さい。ほんの些細《ささい》な事でも大丈夫です。

例文「父の血液型はA型で、自分もA型だ」

「あの課題、普段、生物の授業に興味なくても、ノリノリで書いてくれる子、結構いるんだよ。鼻の形がお母さんそっくりです、とか、爺《じい》ちゃんと同じ野球チーム応援してます、とか、親父が昔、暴走族の総長でオレも今、総長！　とかにも花丸あげたよ。そもそも例文みたいに血液型書くだけでもいい。こんな楽な課題無いよ」

裏サイトでも、この課題について好意的な意見を多数見かけた。僕も生徒も凄く幸せになる課題だ。

「その課題が、一番問題だと思うんですよ」

「ええ⁉　どういうこと？」

「森合先生、その課題、毎年、授業を受けてる全ての生徒に出してるんですよね？」

「うん」

「実は僕も、丸木さんからこの課題を聞いて、心に引っ掛かるものがあったんです。で、色んな生徒に聞いてみたんですけど、森合先生は四年前に、ある生徒にだけこの課題、出してないんですよね」

「あー、そうだったかな」

「お兄さんもN高に通っていたという生徒から聞きました、そのお兄さんの友達だけが免除《めんじょ》になってずるいなぁと思っていたと」

「うーん……四年前って結構、昔だからな……あんまり覚えてないけど、その子が凄い優秀だったからじゃない？」

「いえ、違います。その時、課題を出されなかった生徒は、養子縁組で迎えられた子どもだったからです。つまり一緒に暮らす親の血の影響を全く受けていない」

「……」

「黙《だま》っちゃいましたね。その生徒自身が、両親と血が繋がってないと知ったのは、つい最近で、四年前、つまり課題が出された時点では、その生徒はまだ親からカミングアウトを受けていない。両親の実の子どもだと信じている。さらに両親は、高校にも養子縁組のことを喋っていない。告知義務が無いですから。それなのに森合先生、貴方《あなた》は一体、どうやってこの生徒が養子だと知ったんですか？」

「どうしてだと思う？」

思わず笑みがこぼれる。

「その答えを導き出すために、別の質問をします。森合先生は園芸部の顧問ですよね？　でもあまり参加してない。何故ですか？」

「今日は、部活についてよく聞かれるな。君で二人目だよ」

僕の言葉には一切反応せず、続けて問いかけてくる。

「特に、土日は一回も参加したことないそうですね。休日は何をされてるんですか？」

「そうだね……主にフィールドワークを行っている」

「……生徒の尾行と調査ですか？　それか興信所に頼んでいるか」

「フィールドワークをどう捉《とら》えるかは、君の想像に任せよう。しかしやっぱり凄いねぇ、中学全国模試一位を三回も取る子は出来が違うよ。君に瀬田《せた》君のこと、あぁ親と血が繋がってない子ね、彼のこと教えたのは一年四組の井上恭太《いのうえきようた》君でしょ。兄の井上創《そう》君、瀬田君と仲良かったもんな。瀬田君、本当の親がわからないからデータの価値が無いんだよな」

目の前の少年が、露骨《ろこつ》に顔を歪《ゆが》める。

「井上君も僕と一緒で、森合先生とは喋ったこと無いはずです。先生、貴方はこの学校の全ての生徒の情報を把握《はあく》してますね。気持ち悪いくらいに」

「それは、この学校にとっても良いことだと思ってるけどね」

「目的は何ですか？」

「さっきの課題でもわかっただろ？　僕が最も興味があるのは【人間】なんだよ。具体的に言うと人間の遺伝子についてだ。特別な人間には、生まれた時からそのＤＮＡが組み込まれている。落ちぶれてしまうのも、ＤＮＡによって決められた運命なんだ」

「そんなにお好きなら、大学の研究職に就かれた方が良かったんじゃないんですか？」

「そりゃあそうだけど、その仕事でご飯を食べられるほどの頭の良さは残念なことに僕には無かったんだよね。ポスドクが関の山。だからたくさんの人間と喋れて、データが取れる教師を選んだ。対象を調査するフィールドワークもしやすい。近頃は個人情報を入手しにくいからね」

　遺伝子は、僕にとって最も優しい聖母のような存在だ。少しでも近づきたくて、必死に勉強した上で自分の能力の限界に気づいた時、それも遺伝子が「貴方はここまでしか出来ないんだよ」と優しく囁《ささや》いてくれた気がして、全く凹《へこ》まなかった。

「先生、机の上にある紙の束、表紙に生体サンプルデータって書いてありますけど」

「岡部君、僕はこの学校が大好きなんだ。まず生徒が素直なところ。生徒じゃなくて、本当はサンプルと呼びたいけどね。この学校は偏差値が低いからか、少しでも仲間意識を感じると、その相手に何でも話してくれる。自分の問題、親がどんな人間かをすぐ喋る。サンプルを集めやすい」

　特に思春期は親への反抗心から、親の欠点を誰かに話したがる。それがそのまま自分にも紐《ひも》づけられていると気づかずに。

「スポーツが強いところもいいよね。運動神経はかなりの割合で遺伝が作用する。良い成績をあげてるサンプルを調べると、親や先祖に必ず要因となる人物がいる。それを見つけ出すのが快感なんだ」

背が高いという理由で、友人の誘いを受けて中高とバスケをやっていたが、高校の途中で一気に冷めた。バスケは世界的に見れば、二メートルほど身長がないとなかなか戦えない。つまり、日本人に生まれた時点で、ＤＮＡ的に厳しいのだ。ＮＢＡで活躍する両親とも日本人のプレイヤーは、むしろその日本人であるが故《ゆえ》の一七〇センチ台の小柄な体躯《たいく》を駆使《くし》している。一八二センチの自分が一番中途半端だと思った。これも遺伝子の囁きだ。

「だから、丸木君には是非《ぜひ》ともこの課題をやってほしかったんだよ、あのとんでもないエネルギー、カリスマ性は絶対にＤＮＡに組み込まれているものだ。本人の口からその話を聞きたいし、自覚してほしい。岡部君には特別に話すけど、僕が調査したところによると、丸木君の家庭はシングルマザーだ。そのお母さんはある人物の隠《かく》し子なんだけど、これが凄い。あの伝説の格闘家で政治家としても活躍した、グレイテスト庄司《しょうじ》なんだ。その庄司が議員時代についていた秘書が、丸木君のお父さん。不倫関係だったので丸木君を認知はしていない。この、愛人の子どもが愛人になるというのも堪《たま》らない話で」

「聞いてないです」

敵意むき出しの目をこちらに向けてくる。頭はいいけど、丸木君よりこの子の方が、意外と子どもっぽいな。

「君は、僕のしていることを白状させることで、丸木君の赤点を取り消そうとしてるね。でも、その手には乗らないな。校長先生に言いつけても良いよ。僕の勤務先は変わるだろうがね。他の仕事したっていいし、塾の講師も教師とあまり変わらないから。つまり、丸木君の赤点を取り消すには、僕の出した課題をやらなくちゃいけない。わかるね」

「でも丸木さんはこの課題をやらないですよ、今の話を聞いたら、やってほしくないです」

「わかった。では君達二人のために、丸木君が課題をやらなくても特別に赤点を取り消す方法を提案しよう。丸木君の代わりに、この課題を岡部君、君がやるんだ」

「僕?」

「君は丸木君以上に僕の好奇心を掻《か》き立てる。その非凡な頭脳、身体能力もかなり高い。しかし、いくら調査しても、君の両親やその祖先の人物は極めて平凡だという結果しか出てこない……。一瞬、養子や新生児取り違えの線も考えたが、病院に聞き取りをしても、その様な事案も無い。これは非常に興味深い。君が二年生になる来年がとても楽しみだったんだが、君が生物の授業をとらない可能性もあるからね。是非とも君にこの課題をやってほしい」

「言わなきゃいいのに……元々したくなかったのに益々《ますます》やりたくなくなりました」

「いいね。そう言うと思ったよ。実は課題を拒否した子は、丸木君や岡部君が初めてじゃなくてね。どうしてもやりたくない子のためには、追試を用意してるんだ」

「追試……」

「これをクリアすれば、丸木君は課題をクリアしたことにする。ただし、この追試が解けなかった場合、丸木君、そして君も、僕の課題をやってもらうよ。一人二〇〇〇字以上でね、そして僕の調査に今後、協力してもらう」

「課題の文字数が違い過ぎますけど」

「それはそうだよ、ペナルティだから。どうする？　追試を受けるかい？　解けなかったり間違えた場合、丸木君に報告するよ。勝負事の約束を反故《ほご》にするのは、彼がとても嫌うことだ」

「……わかりました。追試を受けます」

「言ったね、素晴らしい」

「ただ」

「わかってる、この追試は課題と違って、君達のプライベートを探る問題じゃないから安心してほしい。そしていたってシンプルだ」

「早く出して下さい、丸木さんの進級がかかっているので早く答えて安心したいです」

「よし、課題と同じく追試もたった一問だ」

一息ついて追試の問題文を読みあげる。

「僕の先祖を当ててほしい。その人物は歴史を変えた日本人だ。解答権は一回のみ」

「歴史を変えた日本人？」

「具体的には、僕の四代前の人間になるかな」

「四代前だと、森合先生のひいひいおじいさん、いや、ひいひいおばあさんの可能性もあるということですね」

「ひいひいおばあさんって言うと、カラムーチョのパッケージのお婆《ばあ》さんみたいだね。あれも口から火をヒーヒー出してるし」

「先生、冗談を言ってる時間は終わりですよ」

物凄《ものすご》いジト目で突っこんで来る。岡部君には少し申し訳ないが、楽しくて仕方が無いのだ。

「つれないなぁ。あっ、因《ちな》みにこれだけの情報で当てるのは難しいと思うから、特別にヒントを与えよう。ヒントは、築地《つきじ》。今は豊洲《とよす》に移転したけど、卸売《おろしう》り市場として名を知られていたあの築地だ。さらに大サービス、この問題はスマホやPCのネットを使って調べても良い。解答期限は二日後」

「ネット検索OKなんですか？　そんなに楽なら、今までほとんどの生徒が正解してるんじゃ」

「0人だ」

こちらを見る岡部君の瞳《ひとみ》が大きくなる。

「今までこの追試問題にチャレンジして、正解出来た生徒はいない。この学校に限らず前に勤務していたE高でもこの問題を出していたが、誰もクリア出来てない」

「E高の人達も……」

本来の岡部君の偏差値で行ける、県下では東大進学率ナンバーワンの高校だ。この問題の手ごわさを理解してくれたかな。

「そういえば、スマホもヒントっちゃヒントかもしれない。いや今はヒントから外れた、が正しいかな」

「ヒントから外れた……」

「是非当ててほしい。僕はね、この先祖のことをずっと考えている。考え過ぎて頭の中がグルグル渦《うず》を巻いているんだ」

実際この先祖の話を祖母から聞いたから、僕はここまで遺伝子にこだわっているのかもしれない。

「ヒントは出揃った。さぁ今からスタートだ。考えて、調べて、答えにたどり着いてくれ」

早速スマホを取り出し、検索を始める岡部君。四、五分スマホとにらめっこした後、口を開いた。

「先生、すいません。一旦、家に持ち帰っていいですか？」

「もちろん。さっきも言ったけど試験期間は二日間あるから、じっくり考えてくれ」

「はい。失礼しました」

生物室を出る岡部君の背中を見送る。まぁさすがに即答は出来ないか。しかし、最初に引き戸を開けて、彼がいた時はテンションが上がったな。普段はこちらの本性がバレてしまうので、他の人間を生物室に入れないのだけど、あえて入れたのも功を奏《そう》した。恐らく岡部君は、二年生になって生物をとったら、僕の行動と研究に気づいただろう。だから懐柔《かいじゅう》するよりも、こちらの手の内を全て見せて、不本意でも僕の研究に協力してくれる形を作りたかった。

丸木君を落第にすることで岡部君が動いてくれるかなと思ったが、ここまで上手くいったのは嬉《うれ》しい。この貴重なサンプル二体は、今後に大いに役立つ。

それに比べて、園芸部の山内君は本当にダメだな……。ほとんど動かない、行動パターンがある程度決まっている植物を今さら研究対象にしてる段階でパッションが無いよ。親、祖父母も社交性が無く内気だから、そこが遺伝しているのだとすぐわかる。話を聞いてくれる人がいないから、花に語り掛けるパターンだ。その弱さが、見てて嫌《いや》になる。

人間はスパモンと一緒だ。種族値が弱い個体は、どんなにレベルを上げても、ドーピングしても、強い種族に勝てないのだ。

コンコン。引き戸をノックする音が聞こえる。

「森合先生、まだいらっしゃいますか？」

「えっ」

岡部君？　さっきから三十分も経ってない。もう解答するのか？　自分の作ったこの問題に正解を出す生徒がいないことには自信がある。だからこそ、こんなに早いと、岡部君が間違えた解答をしてしまう確率が高いのではないかと、心配になってしまう。

「いやー、早いね。もうわかったの？」

僕の問いに、左手の親指を立てて主張する。サムズアップ。かなり自信がありそうだ。右手には折りたたまれた紙を持っている。

「おぉー、楽しみだね。ところで、その紙は一体なんだい」

「あっ、実はさっき丸木さんから用事を頼まれまして、その途中で寄らせていただきました。この紙は、果たし状です」

「果たし状？　えっ、もしかして丸木君、僕をぶっ飛ばすつもり？」

「違います。喧嘩の腕試しを多摩川《たまがわ》で継続的にしている三年生の生徒がいて、近隣から苦情が出てるんです。その生徒、負けるまで続けると豪語《ごうご》してるそうなんで、終わらせるために、まずその生徒にこの果たし状渡してくれって丸木さんに頼まれました」

「こんなに通信技術が進化した時代に、果たし状って。古風だねぇ」

「丸木さんは、古風であればあるほど、テンションが上がる人間なんです」

「ほう、やっぱり興味をそそられるなぁ。いいのかい？　その用事、先に済まさないで」

「大丈夫です。こっちの解答、すぐ終わりますので」

「そうかい、ではお聞きしよう」

僕の先祖を当ててほしい。この問題を。

日本で初めてホテルを建てた人。

そう答えたら、満面の笑みで不正解を言い渡そう。今まで言われた誤答で最も多かったものだ。「築地　歴史」と検索して出てきた情報から導き出したのだろうが、この答えは僕の出したヒントの全てを回収しきれていない。大体、僕の先祖は、もっとワールドワイドなことを起こしているのだ。

「森合先生、貴方の先祖に大きく関わっているもの、それはこの、指紋《しもん》です」

サムズアップした親指を、そのまま僕の目の前に近づける。想定外すぎて頭が真っ白になる。馬鹿《ばか》な。どうして。

「どうして、そう思ったんだい」

「気づけたのは、この果たし状のおかげです。僕、字が間違ってないか最後にチェックさせてもらってるんですが、丸木さんは文面の最後に署名をして血判《けっぱん》を押すんです。その血判の模様を見て閃《ひらめ》きました」

血判……古風すぎるだろ。

「先生、さっき、ヒントが出揃ったという言葉の直前に、考え過ぎて頭の中がグルグル渦を巻いているんだって言ってましたよね、アレもヒントだったんです。指紋の渦を示唆《しさ》していた」

一番隠していたヒントが、初めて暴かれている。

「スマホがヒントから外れたというのは、スマホの生体認証が指紋認証から顔認証に移っているから。この二つが繋がったので、試しに【指紋　築地　歴史】で検索したところ該当《がいとう》する事柄が一件ありました」

まだだ、まだ負けていない。この追試は、完全解答が条件なんだ。僕の先祖が指紋に関わっていた、だけでは明確ではない。

「森合先生、貴方の先祖は世界で初めて、指紋鑑定で解決された事件。その事件の犯人ですね」

「……正解だ」

一八七五年、スコットランド人の医師ヘンリー・フォールズは、来日中に開設した築地病院で奇妙な事件に出くわした。病院の棚に置いてあった医療用アルコールが、使ってもいないのに、日に日に減っていたのだ。近くにあったビーカーには、アルコールを注がれた跡が。まさか医療用の薬品で酒盛りをしているとは……。呆《あき》れつつも犯人を捜《さが》すことにしたフォールズは、ビーカーに付いていたあるものに注目する。指紋だ。

フォールズはこの事件に出くわす前、縄文土器に興味を示しており、発掘された土器に押し付けられた複数の指紋を見た時に「この指の模様はもしかしたら、人それぞれ違うのかもしれない」と思い至った。そして老若男女問わず、大勢の人間から指紋のサンプルを入手し、保存していた。フォールズは早速、犯人が両手でビーカーを持った時に付いたであろう十個の指紋を、自分の採取したサンプルと照合することにした。その結果、十本全ての指が完全に一致する人間が、たった一人だけ見つかった。彼はこの病院に出入りしていた医大生で、問い詰めると、自分が飲みましたとあっさり白状した。

当時、世界最先端の捜査能力があったイギリスの警察でも、個人の特定は人相やタトゥー、首の太さなどなど、かなり大きな身体的特徴で行っていた。しかも、これらはある程度の偽装《ぎそう》も可能である。これに比べて指紋は、小さくてすぐに採取出来る上に、指紋を削《けず》っても全く同じ模様に再生する。指紋鑑定《かんてい》は犯罪捜査に大いに役立つ革新的な技術になると、フォールズはこの事件をきっかけに、日本の地からイギリス、アメリカ、フランスの主要警察署に意見書を送り、また世界的科学雑誌『ネイチャー』にも論文を発表した。

タダ酒が飲みたかった日本人が起こしたこのしょうもない事件は、世界で初めて「指紋鑑定によって解決した事件」となった。

はじめに僕がこの事件を知ったのは、中学三年の大晦日《おおみそか》、母方の実家に行った時。八十八歳のお婆ちゃんが、自分の掌《てのひら》を見せてきた時だ。

「ほら見てみな、婆ちゃんの生命線は手首まで来てるんだ。これはあと十年は生きるよ」

「凄いねー。お婆ちゃんの生命線、僕よりも全然長いや」

素直に感嘆《かんたん》してると、お婆ちゃんは途端に黙りこんだ。掌を見ているのだが、視線は生命線の方に向いてない。

「ねぇお婆ちゃん、どうしてさっきから親指の先を見てるの？」

「あぁ、思い出してたのさ。私のお母さんのお父さん、お前にとってはひいひいお爺ちゃんかな？　その人がよくこうやって親指の先を見て、悪いことは出来ないなぁってブツブツ言ってたんだよ」

お婆ちゃんは語り始めた。大昔、僕の先祖がお医者さんだったこと。医学生の時に築地病院に出入りしていて、その時、魔《ま》が差して医療用アルコールを飲んでいたのが、外国のナントカっていうお医者さんにバレたこと。誰が飲んだかわかりはしないだろと思っていたところに、指の跡がピッタリなんだよと言い当てられて、先祖はとても驚いたそうだ。そして人を救う医療を学ぶ身でありながら、自分のしたことはなんてふざけた行動だったんだと深く反省した。先生に会うたびにそのことを謝ると「いやいや、君は私が出した論文の役にも立ったから気にしないでくれ」と、必ず返し、国に戻るまで世話を焼いてくれたそうだ。先祖は基本マジメな人間で、人生で唯一《ゆいいつ》犯したこの悪事を、死の間際まで悔《く》いていたらしい。

「お爺ちゃんは、私らがおやつとか盗《ぬす》み食いしてたら、指をぎゅっと握って、この悪い指が！って怒ってたよ。あれは痛かった……なんて言ってたっけ。そうそう、悪いことはするんじゃないよって」

そう言いながらシワシワの手で僕の頭を撫《な》でてくれたお婆ちゃんは、二ヵ月後に亡くなった。お葬式《そうしき》の後、お婆ちゃんと喋ったあの先祖の話がどうにも気になって独学で調べ、ヘンリー・フォールズにたどり着いた。しかし、フォールズの生涯《しょうがい》を知るうちに、僕は指紋ではなく、遺伝子を調べる人になろうと決意したのだ。


「岡部君、お見事だ。約束は守ろう」

「先生、一ついいですか？」

僕のことを嫌な奴だと思ったに違いないこの生徒は、すぐに立ち去るんだろうなと思っていたが、もう少し話してくれるらしい。ありがたい。

「なんだい。この問題を解いた君には、何でも話してあげよう」

「先生がここまで人の遺伝子や血縁に執着《しゅうちゃく》されるのは、ヘンリー・フォールズが発表した指紋鑑定の犯罪捜査への有効性が、世界中から無視されたからですか」

目頭が熱くなる。ここまで自分のことをわかってくれる人がいるなんていう喜びが、お腹から顔面まで上がってくる。

「その通りだよ、フォールズの論文は確かなものだった。それでも科学者達から無視されたのは、彼が貴族の出自ではなく、ただの平凡な医者だったからだ」

『ネイチャー』でのフォールズの論文に食いついた科学者は誰もいなかった。当時の科学界というのは貴族階級出身の者が多く、研究内容と同じくらい血統が大事とされていたような時代だ。一介の医者に過ぎないフォールズは、素晴らしい研究内容を世に出したつもりだったのだが、門前払いを食らってしまう。もちろん、フォールズも何もしなかった訳ではない。自分が最も尊敬する科学者で、進化生物学を発表したことで世界的な地位を確立した、チャールズ・ダーウィンに手紙を送り助力を求めたが、ダーウィンはこの時、既にかなりの高齢だったため、「とても残念だが君の力になることは出来ない」と返信している。

結局、フォールズが最初に指紋鑑定の有効性を発表した人間だと国際的に認められることは生涯なく、彼の死後、一九七四年に設立された指紋協会が、フォールズの功績に気づき、一九八七年、荒《あ》れ果《は》てたフォールズの墓が建て直された。彼が亡くなってから五十七年、論文発表からは百七年も経っていた。

「逆にフォールズがもし貴族や著名な科学者の血筋だったら、あの論文はもっと注目されて、僕の先祖は名前まで出てしまっていたかもしれない。そうしたら僕の一族は犯罪者の家系だと後ろ指をさされてしまう。フォールズが落ちぶれた血の生まれで本当に助かったよ」

「その考えは歪《ゆが》んでいます！」

生物室に甲高《かんだか》い声が響き渡る。激しく怒ることに慣れていないであろう可愛い少年の声だ。

「森合先生、その思想はフォールズが生涯憎《にく》んだ科学者、ゴールトンと一緒ですよ」

フォールズの論文は当時全く注目されなかったが、指紋鑑定による犯罪捜査は、ある科学者の提唱によって世界的に普及する。その科学者こそ、フランシス・ゴールトンである。

彼は上流階級同士の結婚を推奨《すいしょう》するために、遺伝についての研究を進めていた。その研究の中で、指紋も優秀な人間とそうでない人間では何か違うのではないかと調べ始める。そして、指紋は人それぞれ違うことを発見し、フォールズより少し遅れて『ネイチャー』に発表した後、著書『指紋』を発行する。ゴールトンの発表は世界的に注目された。それはひとえに彼が貴族出身であり、そして皮肉なことにフォールズが最も尊敬する科学者、ダーウィンの従兄弟《いとこ》だったことが大きかった。

「いいですか。ゴールトンは、優良な遺伝形質だけで世界の人間を満たそうとする、優生学の生みの親です。これはとても危険な考えですよ。少なくとも学校の先生が追うべき学問ではない」

「ゴールトンは、優生学や指紋以外にも、様々な学問で大きく貢献してる科学者だよ」

「今は、功績の話をしてるんじゃないです、人格の話をしてるんです。そしてゴールトンが生まれてから二百年経った今、人間は道徳心が進化してます。しかし先生は退化に向かっている」

「進化と退化ね……」

ここでダーウィンな言葉を使うなんて、痺《しび》れるな、この子は。

「僕はさ、自分が劣等《れっとう》な遺伝子の生まれだとずっと思ってるんだよ。背が高く、女の子にモテても、自分が一番やりたかった研究職には就けなかった。頭が、悪かったんだよ。現に君にも負けたし。ここの生徒でもいるんだ、絶対に行けない大学を志望する子とか。無理だよ、DNAという素晴らしい紐の繋がりが、君の人生をあるべき可能性に縛《しば》り付けてるんだから。そう思って必ず修正させてる。僕みたいに自分の遺伝子を恨《うら》む人間を作りたくないから、その子の遺伝子の中での幸せを導いてあげたい。そう思って、この生体サンプルを集めているんだ。優しいだろ？　岡部君」

「優しく、ないです」

ゆっくりと言い聞かせるように言った。まるで教師が出来の悪い生徒に話すように。

「先生は、諦《あきら》めてるだけなんですよ、遺伝子のせいにし過ぎてます。それに、結果がもしダメだったとしても、無謀《むぼう》なことに挑んだ、ということ自体がその人を成長させることも必ずあると、僕は思います。そういう人が奇跡とかを起こすんですよ」

「奇跡ね……確かに今のところなんの血統も無しに、こんなに優秀な実績を残してる君は、奇跡の子だね」

「先生。僕は、ただのパシリです。それは僕に流れる血が劣《おと》ってるからでも優秀だからでもなく、パシリなんです」

パシリについてこんなに力説するパシリ本人っているのかな……この子と話すと本当に楽し

い。嫌われたくなかったな。

「丸木さんの赤点撤回、お願いしますよ、先生。できればこの先、貴方の考えがアップデートされることを心から祈ります」

彼が生物室の引き戸に手をかける。ああ、行ってしまう。

「岡部君！」

これだけは言わないと。

「君は、僕が出会った中で最高のサンプルだよ」

振り返り、冷めた目で僕を見る。

「貴方は、最低の人間ですよ。先生」

引き戸が閉まり、生物室には愚《おろ》かな遺伝子を持つ僕だけが残る。溜《た》まっていた涙はいつの間にか渇《かわ》いていた。代わりに口の端から涎《よだれ》が一筋、首まで垂れていたことに、気づく。

＊

曇《くも》り空の下、僕らの一学期は終了した。担任から通知表を受け取り、下駄箱《げたばこ》で待っている丸木さんのもとへ急ぐ。

「すいません丸木さん！　お待たせしました」

「おう。パシリ、これ見てみろよ」

丸木さんの通知表はほとんどが赤点ギリギリだったが、生物だけ五段階評価の5だった。

「オレ、5なんか、まともに授業に出てた時の体育しか取ったことないぞ……あの先公やり過ぎだろ。文句を言おうにも、もういねえしな……」

「終業式も来てませんでしたね」

森合先生は学校を去った。恐らく彼は本性を僕にあばかれたので、この学校ではやりたいことはもうできないと判断したのだろう。僕も森合先生が罪を犯しているという決定打は見つけられなかったから、警察に突き出すことは出来なかった。このジトッとした曇り空のようになんともスッキリしない、灰色の終わり方だ。

「パシリ、お前も通知表見せろよ」

「え？　あっ、はい」

僕の通知表を開くと、同時に顔をこれでもかと、しかめてきた。

「かー！　5、5、5、オール5じゃねえか！　可愛げがないよ！　お前は！」

「すいません……」

「お前はさ、何で勉強が出来るんだよ」

「勉強や調べることが好きだから、ですかね」

これは本心だ。小学生の時の成績はいたって普通。六年生で初めて二教科で満点を取った時、両親が心から喜んだのを覚えている。実はこの時、全ての教科のテストがわりと簡単で、クラスで十人以上が満点を取っていたし、二教科満点の子も数人、全教科満点の子もいた。両親はそんなことは当然知らない。だけどこの笑顔を、テストが難しくなっても、もう一度見たい。そう思って他の子よりも時間を使って勉強をした。

時間の使い方も大事だと思って、まず闇雲《やみくも》に勉強するより、効率よく記憶出来る方法を自分で見つけることに着手した。これが僕のターニングポイントの一つ目。

次のターニングポイントは、両親が喜ばなくなり、僕を避け始めたことだ。中学に入ってすぐ全国一位を取った頃、両親も行く末が楽しみだと言っていたが、僕が両親の知らないことや外国語を喋ったり、父の仕事や母の悩《なや》みに軽くアドバイスをするようになると、僕に明らかに怯《おび》える態度を見せてきた。

中二の頃には母から「太朗はお母さんのこと全部わかるだろうけど、お母さんは太朗のこと全然わからない。ごめんね」と泣かれてしまった。悲しいことに、僕も親よりも勉強自体に興味が向いてしまっていた。

両親に限らず、クラスメイトも僕のことを気味悪がる。そして不良に目を付けられた。頭のいい奴を服従させると、より偉い奴になった気分になるんだと、舌にピアスを開けた同級生は言っていた。何を言っても抵抗出来ない毎日。彼らの頭でわかる言語を、自分が持ちあわせてないのがいけないのだと、勉強不足の自分を責めた。不良とパシリの関係じゃなかったら、ピアスで味覚変わった？　と聞けたのにな。それだけが残念だった。

ある日不良に「お前、爆弾《ばくだん》作れるのか？」と聞かれ、「余裕で作れます」と答えると、不良達が「おっかねー！　コイツ、キモー！」と笑ってきた。世間で恐れられ、気持ち悪がられているこの人達より、僕は酷《ひど》いのかと絶望した。中三の時に、丸木さん達に不良から助けてもらわなかったら、何か、起こしていたかもしれない。

丸木さんと出会ったのが第三のターニングポイントで、今は勉強よりも、丸木さんのように正義のために自分の武器を使いたいと思っている。丸木さんは武力、僕は知力。丸木さんの側にいても、両親は特に何も言わない。頭が良すぎるのも、番長の下につくことも、親からしたら同じ「変な子ども」としか思えないのだろう。

「体育が5なのは、まぁオレのパシリだから当然だな」

「ありがとうございます！」

これも本心だ。体育は中学まで全然だめで、体力は本当になかった。ところが、不良達に学校の裏山に呼び出され、エアガンで追いかけ回される最悪のサバゲーに何回も参加させられるうちに、山中を駆《か》け回る体力と、見つかった時すぐ走れる瞬発力《しゅんぱつりょく》が身に付いた。ただ、さらに運動能力が伸びたのは丸木さんの下についてからだ。

丸木さんはとにかく呼ぶ。早く行かないと怒られる。それが怖いのも当然あるが、僕はこの人に早く会いたい。その気持ちが乗っかると、今まで不良から逃げていた時よりも何倍も速く走れる。その上、丸木さんのパシリになってから、定期的に丸木さんに稽古《けいこ》を付けてもらってる。襲撃への受け身と、攻撃を避ける訓練だ。丸木さん曰く、パシリがトラブルに巻きこまれた時、自分を守れるようにしておけ、オレが来るまでに、と助ける気満々なのが頼もしい。僕の運動能力は丸木さんのためにある。

「あぁ、なんかオレも見せたい！　見てくれこれ！　新しく買ったウォレットチェーン！　いいだろ！」

丸木さんの腰回りが銀色のチェーンでジャラジャラしてる。

「いいですね！　雰囲気あります！」

「そうだろ！　二〇〇〇年代ぐらいの不良の感じでいいよなー」

あえてレトロ趣味にするのは、最近の不良達と一緒くたにされたくないから。このブランディングも結構成功してる。学校の成績こそ悪いものの、丸木さんは自分より圧倒的に直感が鋭《するど》いなと感じる。そこも尊敬してるところだ。腰のチェーンを陽気に振り回していたが、急にその手を止めた。

「……パシリ、今回の課題の件は悪かったな」

「え？　いやいや全然！　大丈夫ですよ、すいません！」

丸木さんが僕に謝るなんて、滅多《めった》にない。謝らせたことが申し訳なくて、謝ってしまった。

「まぁお前とか限られた人しか知らないからな、俺の母ちゃんとジジイのこと。学校のテストで書くもんじゃねえなと思って、あの課題だけは提出出来なかったわ」

「しなくて良かったと思いますよ。あんな素敵なお母さん、そうそう人に教えない方がいいですよ」

「お前！　人の親をどんな目で見てんだ！」

「あ！　すいません！　そういうやらしい意味では！　全くなく！」

丸木さんのお母さんは、一度学校にお弁当を届けに来たことがある。スナックの夜勤が忙しくて基本、朝は起きられず、それで丸木さんは購買やパン屋のパンでお昼を済ましてるのだが、まれに夜勤が無い時はきちんとお弁当を作ってくれるそうだ。そのお弁当を忘れた丸木さんに届けた際に、僕のことも知っていたらしく、わざわざ僕のクラスまで来て「君がパシリ君？　いつも大也《だいや》のお世話ありがとね」と二千円渡してくれた。

かなり若く、サバサバしてとても色気があるので、なんだあの美人！　紹介しろよとクラスの男子達に問い詰められたが、丸木さんのお母さんだよ、と言うと全員下を向いた。因みにその日のお昼、お弁当の中身を見せてもらったが、栄養バランスが考えられた肉野菜炒《いた》めの横にぎっしりおはぎが詰められてる、爆裂甘党《ばくれつあまとう》なお弁当だった。

グレイテスト庄司については、丸木さんが六歳の頃、急に家に来て、お母さんを大声で罵倒《ばとう》したのが初対面らしい。幼い丸木さんが「止めろ！」と庄司の腰にパンチすると、鬼の形相で「なんだクソガキ！　リングの外でオレを殴《なぐ》ったら殺されていいってことだぞ！」と平手打ちをかまされたそうだ。

丸木さんが空手と少林寺拳法《しょうりんじけんぽう》を始めたのは、そもそも庄司を倒すことが目的で、今も数年に一度家に来て、お母さんを怒鳴《どな》る庄司にいい感情を持っていない。強くなった丸木さんが庄司に手を出そうとすると、お母さんから絶対にダメだと言われるらしい。それは、庄司を傷つけた丸木さんへの肉体的、社会的復讐《ふくしゅう》を恐れてだと考えられる。悲しい話だ。

だが、グレイテスト庄司は若い頃から格闘界のカリスマだ。もし、庄司も学生時代に、丸木さんのように正義のために動く番長だったとしたら。森合先生の言った通り、僕は丸木さんのDNAに憧《あこが》れたということになる……。この考えが、ずっと心にもやのようにかかっていた。

「おいパシリ、なんか顔キモいぞ」

「えっ、あっ、すいません」

顔色悪いぞって言いたかったのかな。

「お前さ、余計なこと考えてそうだな。実はさ、昨日、母ちゃんから言われたんだ。あんたは若い頃のジジイに全く似てないって」

「えっ」

「親戚が言ってたみたいだが、あのジジイは学生時代から問題児だったそうで、それこそヤクザとつるんで滅茶苦茶やってたし、格闘家になっても政治家になってもヤクザと二人三脚でやってる。そのくせ高尚なヒーローを昔から演じてる自己中の大嘘野郎《おおうそやろう》だって」

とんでもないヒーローだな……。

「でも母ちゃんが言うには、オレは昔からずっと悪いことは嫌いだし、力は、自分を守るためか、誰かを助けるためにしか使わない。そういう男になれたのは、仲間やパシリ君のおかげだってな」

「僕？」

「パシリよ、オレは思うんだ。あの生物の先公が授業で言ってた、なんだっけ？　DHAだっけ？　DHAなんかさ、オレらの人生には関係ないと思ってて。オレらがどうなるかっていうのは、てめえが誰か、じゃなくて、てめえが誰と会ってきたか、じゃねえかと最近思うんだ。オレはよ、お前がオレのパシリで良かったよ。周りに仲間がいなくなっても、お前がパシリで残ってくれたからオレ、番長やれてるんだよ」

「丸木さん……」

あまりにも良いことを言い過ぎているので、DHAは魚の目玉の裏に含まれてる成分だと指摘出来ない。この人は本当に本当に、僕なんかよりも真理を見つける人だ。

もしどこかで、また森合先生に会えたら伝えたい。運命を決めるのは僕らの体の中の、紐の繋がりじゃない。僕らの体の外の、人との繋がりだ。

雲間から光が差す。丸木さんの腰から垂れてる鋼鉄《こうてつ》のウォレットチェーンが僕と丸木さんの固い絆《きずな》に見えてきた。

取り立てするなら番長に

図書室には、いつも淡々とした時間が流れている。この静けさが私は好きだ、暑苦しい不良達がいて、騒《さわ》がしいこの高校で、ここだけが砂漠《さばく》のオアシスみたい。今日も図書委員の私のもとに、本という癒《いや》しを求めて旅人が来るんだ。

「これ、借ります〜」

「はい、こちら十月十五日までになります」

「は〜い」

あの校章、二年生か。あの先輩、よく来るけど可愛《かわい》いよな……同じ女子でも私とこんなに違うかね。少しぽっちゃりしてるけど、あの肉感的な感じが男子にモテるんだろう。対して私は、ガリガリで胸も薄くて固い。まるで文庫本。その中でも、これぐらいくらいかなと手元にあった乙一《おついち》先生の文庫『きみにしか聞こえない』をマジマジと見てみる。めくると全部で二百一ページ、うわぁ読みやすい！　面白いし。これと同じ厚みの私の胸は、揉《も》みづらいが、読みやすいし面白い胸ということにしておこう。

しかしあの先輩、毎回料理のレシピ本か、寺村輝夫《てらむらてるお》先生の児童書「わかったさん」シリーズと、「こまったさん」シリーズしか借りていかないんだよな……。もっと小説も読んでほしい。いや！　ダメだ！　読書は自由であるべき！　誰が何を読んでもよし！　それをこの高校に来て痛感した。

小学校と中学校の時は、読書が好きな友達と二人で、図書室でいっぱい本を借りて、お互い読んだ本について語りあい、中三の時には自分でも書いてみようと執筆活動を始めた。これが最悪のはじまり。成績順位を学年で百番も落とし、こんなバカ高校に……。書きあげた小説は投稿しても何にも引っ掛からず、友達ともお互いの高校生活が忙しくて疎遠《そえん》に……。この高校で図書委員になってはみたものの、中学に比べて図書室にほとんど人が来ない。まず紙の本を読んでもらうこと自体が、ありがたいと思うようになった。

「あのー」

「あっ、ごめんなさい！　貸出ですか？　返却ですか？」

ヤバい、完全に自分の世界に入ってた。

「ごめんなさいって、私よ。月島《つきしま》ちゃん」

「なんだ、あずみんか。ごめん、ボーッとしてて」

「ちょいちょい！　なんだってどゆことー！」

あずみんこと安住梨華《あずみりか》は、私と同じ一年二組。女子バスケ部で、活発で、滅茶苦茶社交的でとっつきやすい。女子にも男子にもモテるタイプ。私みたいな三軍女子にも何読んでるの？と話しかけて、バカにするでもなく話を聞いてくれて、実際に私から借りて、浅いけど素直な感想を言って返してくれる。いじっても怒らないし間違いなくいい子なんだけど、女子のリーダー格に自然となってるから、取り巻きも含めて、そこが怖い時もある。

「あずみん、図書室まで来るなんて珍しいじゃん」

「いやさ『やがて透明《とうめい》になる君へ』って本、読みたくてー。置いてる？」

「……ごめん、それ貸出中」

「えっ！　マジか。なんかＴｉｋＴｏｋで凄《すご》いバズってて、めっちゃ読みたくなったんだよね」

「らしいね、この二、三日凄い聞かれるもん」

ＳＮＳをほとんどやっていなくて疎《うと》いのだが、私みたいに書店に行って壁《かべ》に貼《は》ってある新刊案内をジロジロ見る子はどうやら同世代には全然いないらしく、ＴｉｋＴｏｋとかインスタグラムで流れてきた、インフルエンサーが紹介する本の中から次に読む本を決めるらしい。わかりやすく「皆が読んでる本」を知ることが出来て、他の人と感想をああだこうだ言いあえる。いい。非常にいい出会いだと思う。

あずみんみたいな陽キャがしっかり本に興味を持ってくれるだけで、陰キャ読書オタとしては嬉《うれ》しい限りだ。しかもインフルエンサーが最新の本だけじゃなく、過去の名作も紹介してくれる時もある。『やがて透明になる君へ』がまさにそうで、今では知らない人がいない大作家、晴海雄介《はるみゆうすけ》の隠れたデビュー作だ。「五百ページ、ギャン泣きで一気読みした！」と、顔だちのいいインフルエンサーが号泣《ごうきゅう》しながらプレゼンしたと聞くと、確かに興味が湧くし、私もＳＮＳを頑張《がんば》って色々見てみようかなとも思うんだけど、どうしても昔ながら、みたいな本との出会いを求めてしまう。

「じゃあ月島ちゃん、今借りてる人が返したら次、私借りる！」

「ごめん、あずみん……『やがて透明になる君へ』は、次にいつ貸出が出来るかわからなくて」

「えぇ！　そんなに予約待ちいるの？」

「予約もそうなんだけど、またちょっと別の事情があって……」

「そうなんだ……」

「貸出が出来そうになったら、あずみんに連絡するよ」

「そっか、読みたかったな。やがとめ……」

がっくりと肩を落として図書室を出るあずみん。ごめんよ。この『やがて透明になる君へ』略して「やがとめ」問題は、今私達、図書委員全員の頭を悩《なや》ませている。ここはこの学校で、一番本を愛しているであろう私が、気合いを入れるしかない。本の為《ため》なら燃え盛る炎の中にも飛びこむつもりよ。私が燃えても本は燃やさず助けるわ。その業火《ごうか》がもうこの図書室に来るはずなんだけど……。

「月島さん、こんにちは」

「あっ、岡部《おかべ》君。ありがとう来てくれて……」

彼は隣のクラスの岡部太朗《たろう》君。彼は全然、業火じゃない。すんごい弱火。私と同じくらいの身長で、柔和《にゅうわ》でちょっと頼りない感じ。彼にはいわば、窓口になってもらった形だ。

「岡部君、あの人連れてきてくれた？」

「うん、ラインしたからもう来てくれると思うけど」

「たのも――!!」

突如《とつじょ》、図書室に響き渡る太い声。図書室にいた全員が入ってきた巨漢《きょかん》を見る。多分あの人なんだよな……ヤバァ。頼み事する立場だけど、注意はしなくちゃ……。

「あ、あの……図書室で、大きい声は……」

「あ⁉　何⁉」

「お、大きい声は……」

「丸木《まるき》さん、図書室って大きい声が禁止なんです」

「あっ！　そうなの⁉　最初に言えよ！　パシリ！」

巨漢が岡部君の頭をポカリとやる。

「あ、痛っ。すいません……」

皆さん、ごめんなさいねぇと巨漢がウィスパーボイスで周りにペコペコする。

「改めまして、お嬢《じょう》ちゃん。オレが番長の丸木大也《だいや》だ。よろしく」

「一年二組の月島澪《みお》です」

「悪いな、オレ本とか全然読まなくてよ。図書室も人生で初めて来たんだ」

「そうなんですか……」

確かに見るからに本とは縁遠そうだ。学ランのボタンは全開け。中に学校指定のYシャツじゃなくて真っ赤なTシャツ。これが番長……できればこういう野蛮人《やばんじん》とは一切喋《しゃべ》らない生涯《しょうがい》にしたかったんだけど、仕方ない。

「月島さん、丸木さんに用って何？」

「あの、すいません番長さん。私と一緒に、取り立てをしてほしいんです」

「取り立て？　月島さんが？」

岡部君が目を丸くする。

「何やら物騒《ぶっそう》な話だな」

「実は今『やがて透明になる君へ』って小説を借りて、物凄《ものすご》く延滞してる生徒がいまして……一応督促《とくそく》の通知もしたんですけど、全部無視されてるんです。今とても人気で書店でも手に入らない小説なんで、早く返してほしいんです、しかもその相手が三年の竹下竜司《たけしたりゅうじ》って先輩で……」

「竹下か……」

「丸木さん知ってるんですか？」

「まぁな。去年までこの学校にあった不良グループの一員だ。オレが全員ボコして八割この学校辞めたけど、その生き残りだな」

「とてもじゃないけど、図書委員が太刀打《たちう》ち出来る相手じゃないんです。でも、その人が借りてる本、今皆が読みたい本で。私は図書委員として、本を読みたい人に本を届けたい。どうかその人の家まで行って本を取り返してっ、番長さん」

頭を下げる。

「思った以上に根性あるじゃねえか、お嬢ちゃんよう」

さっきからお嬢ちゃんってなんだよ……私と一歳しか変わらないでしょ。でも確かに一歳違いとは思えないド迫力《はくりょく》。顔はイケメンっちゃイケメンなんだけど、目鼻立ちがしっかりし過ぎて関口《せきぐち》メンディーみたい。私はもっと伊藤健太郎《いとうけんたろう》とか、高橋一生《たかはしいっせい》みたいな顔の文系イケメンがいいな。

「月島さん……？」

「あぁごめん、岡部君」

ヤバ。頭下げたまま、また自分の世界に……。

「オレの返事待ってたんだろ？　その依頼、受けてやるよ。ただ竹下の借りてる本を番長が脅《おど》して返させたってなるとあんまり意味ねえな。それに、お嬢ちゃんの心意気もしっかり周りに伝わってほしいとこだ。よし、しっかり図書委員に本を返したっていうことにするために、オレも図書委員として竹下のとこに行こう」

「えぇっ」

こんなにデカくて怖い図書委員がいるか。

「大丈夫。実際に図書委員になる訳じゃなくて、オレが竹下に図書委員って名乗るだけだから。そしたら番長ではなく図書委員にあいつが屈《くつ》したということになるだろ。誰に負けたのかってのが漢《おとこ》には重要なんだ」

「はぁ」

「いつ取り立てに行くんだ、この後か？」

「いえ、竹下先輩は夕方とか夜は遊び歩いていて。外だと本をその場で持ってないだろうから、はぐらかされそうで……今度の土曜の昼に先輩の家に行きたいと思います」

「わかった。このパシリも連れてくぞ、図書委員ぽいしな」

「よろしく」

弱々しくフワッと笑う岡部君。

「岡部君はいいですけど」

貴方《あなた》が図書委員っていうのがどうも……。

「ようし。そうと決まれば行く前に、ちょろっとこの部屋、見学させてもらうぞ」

番長は、三十分ほど図書室をウロウロして、何やらメモをしたり、色々岡部君に聞いたりして唸《うな》ったりニヤニヤした後、「じゃ土曜に」と言って岡部君と共に去った。学校での問題を必ず解決してくれるって話聞いたから頼んだけど、大丈夫かな……。


約束の土曜のお昼、三人で竹下先輩の自宅に向かった。住所は竹下先輩と地元が同じだというクラスメイトに教えてもらった。

「月島さん。『やがとめ』って、確かSNSでバズって人気になった小説だよね」

「そう！　岡部君も知ってるんだ」

「最初はＴｉｋＴｏｋだっけ？　僕はインスタのリールで流れてきたな。月島さんが今、一番危惧《きぐ》してるのは竹下先輩が、『やがとめ』を持ってなかった場合だよね」

「うっ、そうなんだよね……考えたくなかったから言わなかったけど」

岡部君、あんまり喋ったことなくて、番長のパシリって情報しかなかったけど、意外と勘《かん》鋭《するど》いなぁ。

「パシリ、どういうことだ」

「転売ですよ。『やがとめ』は十年以上前に出版された小説で、今回、バズる前からある程度人気でしたけど、あまりにも古いんで本屋さんでも棚に一冊差さってる程度。バズったのも、三日前とごく最近、本屋さんで売り切れてるとなると。ほら」

岡部君がスマホを番長と私に見せる。フリマアプリで本来一冊五百九十六円の『やがとめ』が九千八百円まで跳ね上がっていた。

「うげ！　こりゃすげえな！　タダで借りた本が一万近くになるなら売っちまうわな」

「ただ、最初から転売目的ってことは無いと思います。図書館の貸出期間は十日間。竹下先輩が借りたのはそれより前ですよね？」

「うん、三週間前。でも普通に返すのを忘れていた上に、転売出来るってわかったら……今返せないって言ってるのも、もしかしたら売ってしまっていて手元に無いからかも……」

「そんな非道なことしたら、オレが図書委員としてミンチにしてやるぜ」

そんなこと図書委員しないよ……あとミンチにされても本が返ってくる訳じゃないし。

「竹下と言えば、ちょくちょく女と街歩いてるって聞いたな」

「僕も聞いたことあります。でも最近はずっと一人でウロウロしてるとか」

「あいつ、女にも容赦《ようしゃ》なさそうだからな。逃げられたか。気をつけろよ、お嬢ちゃん」

「は、はい」

はいとは言ったが、何に気をつければいいのやら。モヤモヤしながら竹下先輩の住んでるアパートに着いた。

「番長さん、よろしくお願いします。竹下先輩、両親が離婚しててお父さんと二人暮らし。そのお父さんも工事現場の監督をしてて、あんまり家にいないそうです」

「了解。部屋にいるとしたら奴だけだな」

インターホンを押す。反応が無い。

「出かけちゃってますかね……」

「いや部屋から生活音がします」

いつの間にか、岡部君はドアに耳を当ててた。普通そうに見えてたけど、この子も変かも……。

「居留守使ってんのか。上等だ！　おおい！　竹下！　おら！　竹下‼」

ええええ。ドアをドンドンと殴《なぐ》りつける番長に呆気《あっけ》にとられる。

「竹下！　出てこい！　まだ出てこねえのか。ご近所の皆さーん‼　こちらに住んでるN高校の竹下竜司君は学校から借りた本を返さない不届きもの――」

「何してんだ、てめえ‼」

中からスキンヘッドの強面《こわもて》男子が、勢いよく飛び出してきた。この人が竹下先輩か……髪《かみ》も眉《まゆ》毛《げ》も無い。番長で少し慣れたと思ったけど、やっぱりこういう人達は怖すぎる。

「久しぶりだな、竹下」

「お前は、丸木……」

竹下先輩は番長の顔を確認したら、怯《ひる》みはじめた。番長、凄いな……。

「何の用だ、去年、チームはお前が解散させたし、それからオレは誰かを怪我《けが》させたり悪さしたりしてねえ。番長は善良な生徒は守るんだろ？　ウチに不意打ちで来るのは、近所のどうしようもねえ不良と一緒だぞ」

「おいおい、今日のオレは番長じゃねえ。図書委員としてここに来たんだ」

「は？　図書委員？　お前が？」

「そうだよ、てめえが借りてるあの本、アレ、あのー、『やぶさめ』返してもらおうか」

「丸木さん『やがとめ』です。『やがて透明になる君へ』ですよ」

「あー！　それ！　その本返してもらってねえから取り立てに来たんだ」

「ふん、そういうことか。悪いがあの本はまだ返せない。出直すんだな」

冷たい表情で言い捨てる。

「おい、そうは問屋が卸《おろ》さねえんだよ。てめえ、さてはその本、ネットで売ったな」

「あ？　んなことしてねえよ。本はここにある」

竹下先輩は玄関にあったトートバッグの中から、栞《しおり》が挟《はさ》まれた文庫本を出す。

「お嬢ちゃん、あれで合ってるか？」

「はい。『やがとめ』です」

良かった、現物がある。今日なんとかここで回収出来れば。

「おい！　お前、誰なんだよ！」

「ひっ、一年の月島澪です。と、図書委員、です」

恐らく人生で一番緊張する自己紹介が終わった。

「チッ!! こんなしょぼいガキに頼まれてきたのか」

なんか、めっちゃメンチ切られてるんですけどー!

「丸木、お前も落ちたな」

「落ちてんのは、借りたものも返さないてめえだろ。去年オレに殴られ過ぎて、日にちの感覚無くなっちまったのか? どうせバカだから一ページも読めてねえんだろ。返せ」

「決めつけてんじゃねえよ。途中だから返せないんだよ」

そうなんだよね。栞が挟んであるから、この人、読んでるんだよね。泣けるって噂《うわさ》の小説を、こんな反社会的な見た目の人も読むんだ。

「ほら、今八十ページくらいだ」

栞が挟まれたページを拡げる。

「うお、文字がいっぱい……」

おい番長、何でたじろいでるんだ。えっ、ちょっと待って。

「あの、これ、書き込みしてますよね? 本に」

拡げられたページのほとんどの漢字に、手書きでルビ(読み仮名)が振ってあった。当然、貸出の図書は全て書き込み禁止だ。

「あぁこれ、読めない字が多かったからな。安心しろ、これ鉛筆だから。返すとき消しゴムかけて返すよ」

「そういう問題じゃ……」

まぁ確かに読んでる証拠ではあるけど。消しゴムかけたりしたらページが破けちゃうよ……。漢字も「鴛鴦《おしどり》」とかは確かに難しいからわかるけど、「職人」にも「しょくにん」って振ってるし、そんなに文章読むの慣れてないのに、何でこの本に挑戦してるの？

「これホント読みづらいんだよ、特にここ『もう彼はここにいないよ。いちき串木野市《くしきのし》の病院に移った』、一番しんどかったわ」

そのページを開いて、わざわざこちらに見せる。あまり大きく開かないで……本が傷む。

「ええい、まどろっこしい！」

返してくれそうな気配が全くない竹下先輩に痺《しび》れを切らして、番長が摑《つか》みかかった。

「おいてめえ！　今日中に返さねえとお前の体、ボロボロにするぞ！　図書室にある『ブラックジャック』みたいにな」

それは大分ヤバい。あれ表紙取れかけてるし、途中ページ無いよ。

「何だこの野郎！　そんな脅しきかねえぞ！　コラ！」

「あぁん！　お前これ見てもそんなこと言えんのか！」

番長が学ランを脱《ぬ》ぐと、太い腕に達筆な字で何か書いてある。竹下先輩が目を細めて読みあげた。

「天上天下唯我読書……」

「ビビッたか！」

「意味わかんねえよ！」

これは竹下先輩が全面的に正しい。番長、作戦が全部変だよ。岡部君はずっとニヤニヤしてるし……。

「お嬢ちゃん、学校から百科事典持ってきてくれ」

「へ？　百科事典？」

「百科事典はとんでもなく重いからな……それでコイツの頭ぺしゃんこにして最後の一ページにしてやるんだ……いい考えだろ」

「全然だめです。本は水濡《ぬ》れ厳禁。血なんか付いたら匂《にお》いもついて最悪です！」

「月島さん、事典で殴ること自体はＯＫなんだ……」

あぁっ。恥ずかしい……岡部君に突っこまれるなんて。熱くなって人より本を優先してた。

「とにかく、オレは返さねえ。終わったらちゃんと返すから待ちゃいいだろ！　オレは今から出かけるんだ、そこどけ！」

トートバッグに文庫本を戻し、それを持って外に出ようとする。

「行かすか！　竹下！　そのバッグ下に置け、殴るぞ」

「おい！　さっきも言ったけど、善良な生徒には手を出さねえのがお前の主義じゃねえのか」

「そうだよ、ところで今からお前どこに行くんだよ」

「言う必要はねえ」

「はっ、善良な生徒とはよく言ったもんだ。今バッグの中ちらっと見えたが、タオルに何かくるんでるだろ。形からして、拳銃《けんじゅう》か」

ええ⁉　こわ！　どこまでヤバいの、この地域。私、転校しようかな……。

「だったらなんなんだよ」

「小さい瓶《びん》も二、三個見えたな、中は透明な液体や白い液体、ヤバい薬だろ。銃と合わせてヤバい取引にでも行く気か？」

「変な言いがかり付けんな。じゃあ言ってやるけど、オレはこれから銭湯に行くんだよ。白い液体はシャンプー、タオルもあんだろ」

「ぬかしてんじゃねえよ、お前のどこにシャンプーつけるんだよハゲ」

「あ？　殺すぞ」

明らかに治安の悪い会話してるよー。岡部君は……えっ、何か上向いてボーッとしてる？

いや集中してよ！　この状況に！

「図書委員として本を回収したかったけど、やっぱ番長として、てめえをもう一回病院送りにするしかねえな」

「この野郎《やろう》、今のオレにそんなことほざいたら、何すっかわかんねえぞ！」

あー！　始まってしまう！　最初はちょっと希望あるかなと思ったけど、もう洞窟《どうくつ》で生き埋《う》めになりそうなピンチ！　逃げよう‼　やっぱ文学少女の私が関わっちゃいけない人達だ！

「あのー。ちょっといいですか、丸木さん、竹下さん」

岡部君⁉　ここに割って入る？　君が⁇

「丸木さん、何でタオルにくるまれてるものが拳銃だと思ったんですか」

「あん？　なんか形が持ち手と銃身《じゅうしん》ぽかったんだよ」

「なるほど……」

「おいこら勝手に話入ってくんな、丸木のコバンザメ野郎！」

「ああっ、すいません！　因《ちな》みに、コバンザメって実は分類、鮫類《さめ》じゃなくて魚です……」

え？　煽《あお》ってる⁉　謝ってすぐ豆知識で不良煽るって！　賢いの⁉　バカなの⁇

「竹下さん、貴方はこの後、危ない取引に行く訳でも銭湯に行く訳でもない。大切な女性のお見舞いに行くんですね」

……は？　私も番長もポカンとしてる、竹下先輩は下唇《したくちびる》を嚙《か》みしめてる。

「そして恐らく、その女性は現在、普通に本を読むことが出来ない」

ど、どういうこと？　岡部君、何か立て続けに予想外のこと喋ってるんだけど。

「パシリ、説明しろ」

「はい。はじめに違和感を覚えたのは瓶の中身です。白い瓶の中身がシャンプーだとすると、確かに竹下さんが持っていくのは変だなと僕も思いました。だけどここでシャンプーじゃないと断定するのは早い。わざわざそんな嘘《うそ》つく必要ないですから。本当に中身はシャンプーなんだけど、使う人が違うんじゃないかと」

「使う人が違う？」

「そう。そこで思い出したのが竹下さんの噂です。街中で女性と親しげに歩いてるところを見ていたけど、最近は一人でウロウロしている。別れたんじゃないかと僕らは話してましたが、お相手の方が入院していると考えたら、辻褄《つじつま》が合うんです。入院中の入浴で使われるシャンプーなどは、病院でも用意されてますが、やはり女性は慣れているものを使いたい。そのお使いを竹下さんに頼んだ。もう一つの瓶の中身、透明な方は化粧水じゃないですか？」

「……」

無言を決めこむ先輩、だけど反論もしない。

「お見舞いなら、タオルもその人が頭や体を拭《ふ》くためのものだと推測出来るし、そのタオルに包まれていた物もわかります。お見舞いの果物です」

「果物だと！　おいパシリ！　オレが見たのは確かに」

「丸木さんが一瞬見て拳銃と誤認してしまったのも仕方ないんです。入っていた果物がバナナだったから」

「バナナ⁉」

言われてみたらバナナ一本を横にすると拳銃っぽい感じになる。

「確かに今思い返すとバナナの形にも見えたかもな……おいパシリ、何かこれ、オレがちゃんと見てなかったとバカにしてるのか？」

「とんでもないです！　一瞬しか見えてなかったので、誰しもが勘違いしてしまいます！　というか普通は一瞬では目視出来ないと思います！　さすが！　丸木さん」

「そうだろ」

番長がふんぞり返ってる。大変だな、岡部君……。

「さっき竹下さんが『今のオレに病院送りなんて言うんじゃねえ！』とキレたのは、最近、病院に対して、いつも以上に特別な感情を持ってるから。小説を返さなかったのは、このお見舞いに関係してるんです」

そう、そもそもそれが本来の私達の目的なんだよ。

「やはり今まで全く小説読んでないような雰囲気なのに、ほとんどの漢字に読み仮名を書いてまでこの一冊に固執《こしつ》してる。そうなると、竹下さんが読むんじゃなくて、入院中の女性のためにしてる行動と考えたら、しっくり来たんです。だけど竹下さん自身も普通に読んでいるのではない。その理由は竹下さんの読めなかった漢字にあります」

「読めなかった漢字ってほとんど全部だったけど」

「月島さん、思い出して下さい。『やがとめ』には確かに『鴛鴦《おしどり》』など難しい漢字があった。だけど竹下さんが一番難しかったと言っていた部分は、このような文章でした」

岡部君は、とてもゆっくり暗唱した。


もう彼はここにいないよ。いちき串木野市の病院に移った。


「気づきましたか。漢字で考えたら明らかに鴛鴦の方が難しい」

「あ……本当だ」

「これを何故《なぜ》一番難しいと言ったのか。それはこの文章を黙読《もくどく》ではなく音読していたからです。いちき串木野市は普通に発音しようとすると、かなりつっかえやすい」

「ホントかパシリ？　いちきくちきのし、いちきくしくしき、いちきくそしゅきしゅき。クソ!!　なんじゃこりゃあ！」

凄い、三回言おうとして全部失敗してる。最後なんて、番長が言わなそうな『しゅきしゅき』なんて言ってるし。ウケる。

「竹下さんは入院中の相手に『やがとめ』の読み聞かせをしていた。普通に読むより圧倒的に時間がかかる。だからこの本は返せない。そうですね」

読み聞かせ……。この人が本読んでるところより、さらにシュールかも。

「気味の悪いガキだな。ほとんど当たってるよ、怖いわ」

「ごめんなさい」

番長も怖いし、竹下先輩も怖いし、その先輩に岡部君は怖いと言われてる。えっ、私の周り今、怖い人しかいないじゃん！　岡部君は唯一《ゆいいつ》こっち側の人間だと思ってたのに。

「だけど一つだけ、お前らは勘違いしてる。見舞いの相手はオレの女とかじゃねえ。妹だ」

「妹さんですか……ならお見舞いのことが言えなかったのも納得です。竹下さんの弱点として敵対する不良に知られると、妹さんに危害が及ぶ可能性があるから隠してたんですね」

「そうだ、オレが小三の時に出てった母親にあいつは付いていった。そこから妹がいること自体をずっと黙っていた。オレがグレたのと妹は関係ないしな。ただ、今、白状しないと、今日のお見舞い行けなそうだからな。手術前、最後の面会だってのに」

手術前……。それならこんなに怒るはずだわ。

「妹は一ヵ月前から突然、両目を悪くしてな。本読むのが一番の趣味らしいから、えらいショックを受けてたよ。だからあいつが読みたがってた本を、代わりに読み聞かせてやってた」

本を読むのがそんな好きなのか……なんて可哀想《かわいそう》な。その子の心情を考えたら深い落とし穴に突き落とされたかのような気分になる。

「一応、明日の手術でほぼ確実に治ると言われたんだが、万が一ってこともあるらしい。あいつはまだ高一だっていうのに、もうその覚悟《かくご》をしなくちゃならねえ」

竹下先輩の瞳《ひとみ》が潤《うる》むのを見て、私も胸がキュッとなる。

「お嬢ちゃん、これは状況が少し変わるんじゃないか？」

「え？」

「竹下が持ってる本を読みたがってる奴が大勢いるのも事実だ。だが竹下の妹さんも、今日のコイツの読み聞かせ、楽しみにしてる、もしこれからも目が見えないままなら続きも、読み聞かせ頼みだ」

改めて状況を確認すると、確かに判断が難しい、難し過ぎる。

「竹下、お見舞い、オレらも行っちゃダメか？」

「あん⁉　何でお前らが」

「てめえが本を延滞してるのは事実だ。その本を回収するかどうかは、オレら図書委員が、というかこのお嬢ちゃんが決める。そのために同席させてくれ。当然、妹さんにこのことは言わない」

「……断ったら結局、また押し問答なんだろ。わかったよ。ただその代わり、一つだけ絶対に守ってほしいことがある」

竹下先輩が今までのように脅しつけるような顔じゃなく、お兄さんの顔で真剣に言ってきた。


病室の前に着くと途端に緊張してきた。ここからは私の判断がとても大事だ。岡部君は果物がたっぷり入ったバスケットを持たされてる。番長も食べるそうだ。番長、ビタミン摂《と》るんかい。ビタミン番長が部屋のプレートを確認する。

「原田夕子《はらだゆうこ》。あれ？　竹下の妹だろ」

「丸木さん、竹下さんの両親、離婚してるんです」

「さっき、母親は出てったたって言ったろ」

「あ！　そうだったな……すまん」

竹下先輩がノックして入る。目に包帯を巻いた少女が、ベッドに横たわっていた。手術前も出来るだけ眼球を使わないように処置しているらしい。

「夕子、お見舞い来たぞ」

「あ！　お兄ちゃん！　ありがとう。でも本当にお兄ちゃんかな？　確かめないとー」

「げっ、夕子！　今日それは」

急に先輩の顔が引きつる。どうしたんだろう。

「えー、やらしてくれないの？　ってことは、あなたお兄ちゃんじゃないんだ……」

「わかった！　わかったよ」

そう観念すると先輩は、少女の手元に自分のスキンヘッドを持っていった。少女がその頭をこれでもかと撫《な》で回す。

「わー！　スベスベ！　これは間違いなく夕子のお兄ちゃんです！」

撫でられてる間、先輩は殺意を持った目で我々三人を見ていた。絶対、他で言うなよというメッセージが、目に込められている。三人とも吹《ふ》き出しそうになるのを堪《こら》えていた。

「ていうか、今日、足音多くない？　先生もいるの？」

「いや、今日はお兄ちゃんの友達が来てるんだ、安心しろ。不良じゃないぞ」

「初めまして夕子ちゃん、お見舞いに果物持ってきたよ。明日、手術なんだってね。頑張って。きっと良くなるよ」

岡部君が優しく声をかける。確かに不良はいない。番長はいるが、ここまでの短い付き合いで、粗暴だけどこの人は悪い人ではないと思えていた。

「ありがとうございます。お兄ちゃんに普通の友達いるのって久しぶりで、なんか新鮮」

「今日も聞くか、小説」

「うん、気になってたんだ、続き」

先輩は持ってきた『やがて透明になる君へ』を取り出し、読み始める。

「びっくりした？」

「うん、だってツカサの薬指が透明になったと思ったら次の日右足が無くなってるんだもん、それでも立ててるし」

「ホントだよな、しかし薬指が消えたら結婚指輪とか嵌《は》めれないわな」

「ツカサ、何の心配してるのよ……」

『やがて透明になる君へ』は主人公の女性が、ツカサという男性に惹《ひ》かれていく話だ。ツカサは体がだんだん透明になっていく奇病にかかっている。

「明日とか、オレどこが透明になってるのかな？　出べそとか？」

「え？　ツカサって出べそなの？」

「待ってお兄ちゃん」

急に少女が竹下先輩の朗読《ろうどく》を止める。

「なんかお兄ちゃん、今日、声カラカラじゃない？　友達来て緊張してる？」

確かに若干《じゃっかん》ハスキーボイスなのは気になってた。

「竹下、オレ飲み物持ってきてるぞ」

番長がそう言ってバッグからペットボトルを取り出し、蓋《ふた》を開けると、中の黒い液体が思いっきり噴《ふ》き出した。

「ぎゃ！　すまん！」

コーラかよ！　喉《のど》痛い人に飲ますもんじゃないし、私の制服に黒い液体がモロにかかった。

「ちょっと！　ビショビショなんですけど！　最悪……」

「おい！　約束‼」

あ。

「ねぇ今の声。澪ちゃん……澪ちゃんが来てるの？」

竹下先輩がスベスベの頭を抱《かか》える。番長も岡部君も顔が真っ青だ。前言撤回、最悪なのは制服が汚れたことじゃない、今だ。

先輩から一つだけ絶対に守ってほしいと言われたこと、それは私だけは病室で一言も喋らないでほしいというものだった。この少女、原田夕子は、私が小・中学校時代にたくさん本の話をした、大切な友人だ。

先輩は私の名前を聞いて、さらに図書委員だと知って不味《まず》いことになったと、盛大に舌打ちをしたそうだ。メンチ切ってたのも、そういうことか……。先輩はよく夕子から私の話を聞いていたらしい。そして夕子が病気になった時、大好きな本が今読めてない。これからも満足に読めなくなるかもしれない。それを一番知られたくないのは、親友の澪ちゃんだと、常々言っていたようだ。

　夕子と出会ったのは小五の時。同じクラスで図書室に通ってるのが、私と夕子しかいなかったから、本の話はもちろん、好きな映画の話もして、二人とも同じアニメ映画が一番好きだと発覚し、完全に意気投合した。その映画の主人公の中学生の女の子も、本が好きで、しかも私と苗字が一緒、夕子に至っては主人公の友達と同姓同名だったので、「もう私らの出会いは運命だったんだ！」とよく喋っていた。小説を書いたのも、完全にその主人公の行動を真似ている。それによって、夕子と違う高校になってしまう最悪な結果を招いてしまったが……。

　夕子にお兄ちゃんがいるのは、初耳だった。親が離婚してることは、やっぱり最初は触れてほしくなさそうだったし、中学に上がると兄の竹下先輩が別の学区で大暴れしていて、先輩から「オレの存在は他で言うな、夕子が危ないから」と口止めされてたらしい。最近、連絡が疎遠になったのも、進学校は忙しいからかなと思ってたけど、病気だったからか……。

　夕子の目が悪いことを私に知られてほしくない気持ちも、とてもわかる。私達の第一声は、挨拶《あいさつ》より先に「最近読んだあの本、面白かった！」だったから。夕子が、本を自分の目で読めなくなる。それを知ったら私も気を使って、夕子に本の話をしない。そんな展開に必ずなる。私達二人にとって読書は、心で握手《あくしゅ》している証拠のようなものだった。

　どうしよう。大好きな夕子を、傷つけてしまう。

「今の声、澪ちゃんでしょ？」

「夕子、そんな奴は来てない」

「ウソ！　あなた澪ちゃんでしょ！」

「ち、違いますよぉ」

精一杯の低い声を出す。

「バカみたいな声出さないで！」

お願い夕子、気づかないで！　来るんじゃなかった。私は本と大切な友達を天秤《てんびん》にかけた。最低だ。

「お兄ちゃん、ごめん！　私、やっぱり本当は澪ちゃんに会いたくてしかたない！」

……………え？

「本が読めないことが恥ずかしくて会いたくないって言ったけど、読めなくたって私、澪ちゃんと話したい！　昔だって、本を全力で楽しんでる澪ちゃんの話を聞くだけで、幸せな気分になってた。これから目が見えなくなっても私に気を使わないで、むしろどんどん本の話してほしい！　急に連絡出来なくなったことも、謝りたい！　今ここに、澪ちゃんがいてほしい！お願い、声を聴かせて！　あなたは誰⁉」

ここまで言われて、我慢《がまん》出来る訳がない。

「澪。貴方の親友、月島澪だよ。夕子」

「澪ちゃん……澪ちゃんなんだね」

「うん……夕子、さっき私、ホントちょっとしか喋ってなかったのに、何で私ってわかったの？」

「わかるよ。耳をすませば、ね」

涙が止まらない。私達は二人で抱き合った。しばらくそうさせてもらった後に、竹下先輩が夕子に申し訳なさそうに話し始めた。夕子に頼まれて持ってきた『やがとめ』は、ケチって学校の図書室で借りてきたものだということ。延滞していて、待ってる生徒がたくさんいること。図書委員の私が困って家まで回収に来たこと。『やがとめ』は今、大人気で書店にも置いてないので、返すと次に手元に来るのが大分先になるということ。

「夕子、私ね、決めた。その『やがとめ』は返さなくていい。返してもらったのを私が紛失《ふんしつ》したってことにする」

「えぇ！　ダメだよ！　その本は返した方が絶対いいし、大体、澪ちゃんが失くしたことにするの、意味わかんないよ！」

「だって話を聞いてたら、竹下先輩は夕子を思ってやったことだし。夕子の友達の私に、先輩は責められないよ。その判断をしたのは、図書委員の私だし、私が責任もって、待ってる人達に謝る」

「お嬢ちゃん、そんなシャバい終わり方する必要ないぞ。オレがどうにかする」

「シャバい？」

聞いたことない日本語すぎて、オレがどうにかするより、そっちの方が気になった。

「丸木、どういうことだ」

「まぁまぁ、こっちにも考えがあるのよ。とりあえず、その『おとがめ』はお前が持ってろよ、竹下」

「丸木さん、『おとがめ』じゃなくて『やがとめ』です」

頭をポカリとやられる岡部君。ホントこの番長、本のタイトル覚える気ないな。

「すいません、お兄ちゃんのお友達ってだけで、いろいろ気を使ってくださって」

「なぁに、いいってことよ。オレは、ば」

「ば？」

「あ、ば……バンバン人助けをするのが好きな奴だからよ！」

番長と言うのは自重したらしい。この人なりに夕子を心配させたくなかったのか。

久しぶりに夕子と本のことをたくさん喋ったり、改めて竹下先輩の少したどたどしい朗読を皆で聞いたりしていたら、あっと言う間に面会終了の時間が来た。

「夕子、手術頑張ってね。終わったらまた来るから」

「うん、これからもいっぱい喋ろうね。澪ちゃん、私の分までたくさん本読んできて」

「わかった。夕子の手術が成功するように祈りながら本を読む」

「嬉しいけど、本に集中してほしいから祈りは別々にやって」

「わかった」

最後にもう一度ハグをして、病室を出る。病院から各々の家に帰る道中、意を決して竹下先輩に謝った。

「先輩、すいませんでした。一緒に行くのを許してくれたのに、約束破ってしまって」

「喋っちまった時はマジで焦《あせ》ったよ。気を付けろ、こっちはちゃんとクギさしといたんだからよ……」

「竹下、あれはそもそもオレのコーラのせいなんだから大目に見てやってくれ」

「ふん、確かにな。それに蓋《ふた》開けてみたら、夕子も喜んでくれたからいいか。許すよ」

こっちを見ず、ぶっきらぼうに言う先輩。やっぱり夕子の前にいる時以外は、まだ少し怖い。

「なぁ、丸木」

「なんだよ」

「お前さ、前オレらとやりあった時期、確か三人で行動してたよな？　そのコバンザメ野郎と、せいじって奴。あいつは今日いないのか」

せいじ？　誰それ？　苗字もしかして天沢《あまさわ》だったりする？　そしたら私と夕子のナンバーワン映画に出てるイケメンと同じ名前に。

「そんな奴のこと思い出したくもねえ」

急に空気がピリつく。凄く小さい声なのに、今までで一番怖い声色《こわいろ》で、背筋がシャンとなる。ちょっと、私の妄想世界モード、もう少し持続させてよ……。

「あぁそうかい、じゃあオレこっちだから。丸木、マジでこの本のこと、どうにかしてくれるんだな」

「おう、オレは善良な生徒の味方だからな」

「その言葉信じるぞ。あと月島」

「はい！」

「夕子と、これからも仲良くしてやってくれ」

「もちろんです」

私の返事には答えず、そのまま、自宅方面へ歩く先輩。また家に帰って読めない漢字にルビを振るのかな。

「じゃあオレらも帰るか、パシリ」

「はい」

「あの、岡部君、番長さん。今回の件は付き合ってくれて、本当にありがとうございました」

「なぁにまだ終わってないよ。本を待ってる生徒達には、近々届くと伝えてくれ」

「わ、わかりました……」

その方法は教えてくれないんだな。

「あのー。あの本な、『でばがめ』」

「丸木さん、『でばがめ』じゃないです、『やがとめ』です。さっき仰ってた『おとがめ』に引っ張られて——あいた!!　すいません！」

岡部君、最後まで訂正してくれてありがとう……番長、頼むから覚えてくれ。ちゃんと持ってきてくれるのか……。

「月島さん、今度、僕にもおすすめの本、紹介してね」

「うん、いいよ。でも、ミステリは止めとく。序盤であっという間に謎を解いちゃいそうだし」

「いやぁそんなことないよ、僕ただのパシリだし」

超そんなことあるよ。生《なま》であんな名探偵してる人、初めて見たわ。

「お嬢ちゃん！　またなんか問題あったら、オレを呼んでくれ！　今回初めて本に触れて、図書委員の心得、ばっちし学んだからよ！」

学ランを脱いで、腕に書かれた「天上天下唯我読書」を見せつける。止めてよ！　ここ住宅街よ！　絶対にもう図書委員とは名乗らせない。本当にこの番長って、本も空気も読めない、やなやつ！　やなやつ！　やなやつ!!

でも思ったより結構、いいやつ。

＊

月島さんと会って一ヵ月後。丸木さんに竹下さんの妹、夕子さんが退院したことを伝えた。術後の経過も良く、視力を完全に取り戻したそうだ。目が見えるようになった夕子さんは、あまりにも書き込みされた『やがとめ』を見て、滑稽《こっけい》なのと、兄の努力の跡をちゃんと知ることが出来て、泣きながら笑ったらしい。

「そうか！　良かったなぁ！」

「月島さんからの伝言で、『図書室に番長さんが寄贈してくれたあの本、興味が湧いたら番長さんも読んで下さいね』とのことです」

「いやぁ、結構、分厚いんだよな、あの本」

丸木さんはあの日、月島さんと別れた後、あるところに電話をしていた。自分がこの間潰《つぶ》した暴走族のヘッドだ。

「おい、あんちゃん。元気してるか。おうおう泣くんじゃゃない。大丈夫、やっぱりお前らを殺すとかじゃない。お出かけが好きな君達に、慈善《じぜん》活動をやってもらおうと思ってな……」

と、いうことで、元暴走族の皆さんには、法定速度を守ってもらいながら、神奈川を飛び出し、東京、埼玉など関東圏の本屋さんを片《かた》っ端《ぱし》から回り、『やがとめ』を一冊確保する慈善活動に従事してもらった。

あの日は『やがとめ』がＴｉｋＴｏｋやインスタグラムでバズっていると夕方のＴＶニュースで取りあげられたのもあって、どこの本屋さんでも見つからず、結局、翌日のお昼に群馬の本屋さんでようやく見つけたと報告を受け、その『やがとめ』はウチの図書室に寄贈された。今は増刷されて本屋さんでも山のように積まれている。丸木さんには難しいかもだけど、僕は今度しっかり読んどこう。図書室で借りるのは時間がかかりそうだから、本屋さんで買おうかな。

「本がもっとオレと関わり深ければなー、オレは空手と少林寺拳法《しょうりんじけんぽう》だけやってたし」

「丸木さん、本も空手家と一緒で、帯巻いてる奴もいます」

「そりゃあいいな、戦いたくなるわ」

この戦いたい、は読みたいってことだよね、多分。

「よし、分厚いからって負けちゃいかん。ちゃんと読むわ『やがとめ』を」

「丸木さん、『やがとめ』じゃないです。あれ？　あ、合ってる、『やがとめ』だ」

「ざけんな!!!」

ぶっ飛ぶほど殴られた。めっちゃ痛い。この間、間違えを指摘して殴られた時の比じゃない。そりゃあそっか、今のは完全に僕が悪いし。本気で怒るよな。

急に、「本」って言葉自体が、「心から」みたいな意味で使われていることに気づいた。本気、本心、本意。そういう書き手の、心からの思いが書物として物質化されてるのが、本なんだな。

「おいパシリ！　今のはお前が悪いな！」

「はい！　パン買ってきます！」

「そうだ！　しかも今日はあんパンやメロンパンじゃない！　食パンと！　ジャムだ！」

わぁ……ジャム一瓶楽しむつもりだ。

「行ってきます！　八枚切りですか！」

「舐《な》めてんのか！　事典ぐらい分厚い、四枚切りだ！」

事典もっと分厚いかもです！　と言いたかったが、ポケット事典ならそれぐらいの分厚さかも。

「かしこまりました！　買ってきます！」

走り出した僕の背中に、丸木さんが怒号を浴びせる。

「おい!!　食パンは本仕込のやつだぞ!!」

前言撤回、多分丸木さん、僕より本に興味湧いてる。

校長公認番長

新しい朝が来た。既存《きそん》の朝。「ラジオ体操の歌」のように、「希望の朝」と言えるのは、十代、まれに二十代までだと思っている。私のように五十五年も人間をやっているジジイの朝は、もうほぼ同じ朝だ。特に学校という場所で働いていると尚更《なおさら》、中高生時代から今まで、朝の時間に違いが出ない。ずうっと学校に向かっているのだから。だがそこが好きなところでもある。

私は挨拶《あいさつ》が好きだ。人間が行う最小のコミュニケーション。自分以外の他人と、たとえわかりあえない思想を持っていたとしても、一瞬で繋《つな》がれる。この世で一人じゃないと思える瞬間が、挨拶なのだ。朝の学校や通学路は、たくさんの生徒や教員と挨拶を交わせる。今、通学路で何人かの生徒が私の横を通っていく。イヤホンで聴いていた音楽のボリュームを下げ、声をかけよう。

「おはようございます」

「おはようございまーす」

「おはようございます」

「あっ、おざまーす……」

別にきっちり「おはようございます」と返さなくても良い。一ラリーしてもらえるだけで、充分だ。まぁまぁの不良校と言われるこのN高校でも、私の挨拶には皆、割と返してくれる。一応、校長だからだろうか。また昔から柔和《にゅうわ》な顔と言われるので、普段、怒りがちな先生よりは、警戒されていないようだ。舐《な》められているのかもしれないが……。

「おはようございます」

「あっ、校長先生おはようございます！　イヤホン、何聴いてるんですか？」

「ん？　Ｃｒｅｅｐｙ　Ｎｕｔｓ」

「マジ⁉　校長先生ウケますね！　今度うちのカラオケ来てよ！」

「ありがとう、是非《ぜひ》ご一緒させてくれ」

他の先生が見たら、「校長にフランクすぎるだろ！」と怒ったかな。でも私は、こういう人懐《なつ》っこい生徒がとても好きだから、むしろ嬉《うれ》しい。最近の音楽を聴いていて良かったな。未だにＲＣサクセションや、ビズ・マーキーなんかも聴くが。

正面玄関の前で、生徒の方から元気に挨拶された。

「穴倉《あなぐら》校長！　おはようございます！」

「おはようございます。君は、生徒会の田松《たまつ》君だね」

「はい！　覚えて下さってありがとうございます！　よく松田と間違えられるので嬉しいです」

「あぁ、確かに間違われやすいかもね。今後の君の活躍も期待してますよ」

「ありがとうございます！」

深く頭を下げ、昇降口に向かう田松君。彼は若いから自分が何者なのか悩《なや》むが故《ゆえ》に、名前を覚えてもらいたいと思うのだろう。だからこそ、生徒達の名前は出来るだけ覚えたい。

反対に、私の名前なんて覚えてもらわなくても良い。現に今、田松君も穴倉校長と呼んでいた。宍倉《ししくら》という苗字を見て、最初から間違えずに呼んでくれる人は少ない。穴倉は印象が暗い感じがして、それこそ学生時代は嫌《いや》な間違いだったが、今では田松くんが、「校長」という役職だけでなく、私の苗字も呼ぼうとしてくれたこと自体がありがたいと思える。

靴を履《は》き替え、校長室に向かう途中で、目つきの悪い男子生徒とすれ違った。

「九条《くじょう》君、おはようございます」

「……」

無視されるのは別にいい。ただ、先々週に校長室で担任と共に注意をした生徒だから、もう一声かけなくてはいけない。

「九条君！　その制服、クリーニングに出した方が良いよ、煙草の匂《にお》いがプンプンするから。あとポケットが膨《ふく》らんでいるのは、電子煙草じゃないの？」

「うるせえな！」

一喝《いっかつ》された。無反応よりは嬉しいかな。

「鬱陶《うっとう》しい、補聴器付けたジジイがよ」

捨て台詞《ぜりふ》を吐いて立ち去る。ううむ。やはりどんなに長年、教員をやっていても、生徒の暴言には傷つくな。ジジイはいいよ、ジジイは。でもこの耳に付いてるの、補聴器じゃなくてワイヤレスイヤホンなのよ……。今後はもう生徒の前では外すか……。

廊下《ろうか》で、イヤホンをケースに閉まってると、急に声をかけられた。

「校長！　おはようございます」

「小林《こばやし》先生。おはようございます」

「さっきのは九条ですね。まったく、目上《めうえ》の者に対する礼儀がなってない。授業の時にさらしあげますよ」

「いやいや！　小林先生、むしろそれ逆効果ですから」

「そうですか？」

地理の小林先生は、不良に遭遇《そうぐう》すると必ず嫌悪感《けんおかん》をあらわにする。それ自体は、彼が、生徒はマジメであるべきというマジメな心の持ち主である証明なのだが、いかんせん不良生徒は排除すべき！　対話の必要なし！　という方向に向かいがちなのが難点だ。

「ただ、九条よりさらに問題なのが丸木大也《まるきだいや》！　あのゴロツキは見たくもないもんですな！　番長だなんだと気取って、迷惑千万ですよ！」

「でも、彼がウチの不良を指導してくれたおかげで随分と治安が良くなりましたし、生徒からの信頼も厚いですよ」

丸木大也、この高校一番の名物生徒だ。今まで私が出会った不良とは全然違い、なんだかスカッとした性格で、大人顔負けの度胸を基本的に人のために使っているのが、気持ちがいい。まぁ暴走することもなくはないが、私個人としても何度か感謝の意を彼に伝えているし、出来るだけ彼の味方をしている。そうなると、今みたいに他の教員と対立してしまうこともあるのだが……。

「どうですかね、私から見たら悪さの総量は相当大きいと思いますよ。あいつ一人で不良十何人分かの悪さはしていますからね」

そう苦々《にがにが》しく喋《しゃべ》る小林先生の後ろから、小柄《こがら》な人影が話しかけてきた。

「校長先生、小林先生、おはようございます」

「おぉ、太朗《たろう》君。おはようございます」

彼は岡部《おかべ》太朗君、クラスは一年一組だったかな。彼も有名人だが、丸木君と逆で、教員からとても好意的に見られている。それはそうだろう、中学時代の全国模試で三回も一位を取っていて、通知表もオール5。ずば抜けた頭脳を持っているにもかかわらず、何故《なぜ》か我が校に入学してくれたので、教員は教えがいがある。授業態度も良いそうだ。

彼はよく挨拶してくれるので、軽い世間話が出来る仲でもある。教員の中ではその成績だけで彼に好意を持つ者もいるが、私はそんなことよりも、会話の中に見える知性と、そして丸木君へ捧げる揺るぎない敬意が彼の魅力だと思っている。

「おぉ、岡部じゃないか。今、丁度《ちょうど》丸木の話をしていたんだが、岡部みたいな優秀な生徒が、丸木みたいな無知な乱暴者と一緒にいるのは感心しないなぁ」

「小林先生、丸木さんは優しい面もありますよ。無知って言いますけど、得意なジャンルだと僕より全然詳《くわ》しい時もありますし」

「本当かぁ？　信じられん……岡部はテストは毎回満点だし、この間の課題も一人だけ群を抜いて良かったぞ。《我が町川崎《かわさき》のカルチャー》というテーマで、川崎の名物について書いてもらったレポートだ。先生も川崎に住んで長いけど、岡部のレポートで初めて知るものも多かった。岡本太郎《おかもとたろう》とか川崎フロンターレ、ニュータンタンメンは知っていたけども、あのサンなんとか」

「『天体戦士サンレッド』、マンガですね。他にも特撮ヒーローのロケ地になっていたりとか、BAD　HOPやスケボーなどのストリートから生まれた音楽やスポーツも、誇らしい川崎の一部です。『ベイキャンプ』ってオールナイトの音楽フェスも毎年盛り上がってます。数年前、直木賞を取った佐藤究《さとうきわむ》の小説『テスカトリポカ』も舞台はメキシコと川崎でした」

凄《すご》いな。高校一年生ながらに、ディープなところもしっかり押さえている。

「太朗君はいいところに目を付けてるね」

「ありがとうございます」

「校長！　岡部の調査も素晴らしいですけども、そもそもの課題が良いというのもありますでしょう？」

「まぁ、そうですね」

うやうやしく言って三割ぐらいおどけているが、七割の「自分も凄いんですよ」が漏《も》れてますよ、小林先生。あと岡部君は貴方《あなた》の授業じゃなくても、大概の教科でこのハイクオリティなのもわかってるし。

「それに比べて丸木ときたら。授業中は寝てるし、喧嘩《けんか》をしたり教師に反発ばかりする」

「まぁまぁ、そもそもウチはそういう生徒が多いじゃないですか。その中でも丸木君は人助けもしてるんだから、いいんじゃないですか？」

「良くありません！　学校の備品を壊《こわ》されたことも数知れず。それでも許してるなんて！　校長はあいつに壊しのライセンスでも与えているんですか？」

　壊しのライセンスって、そんなジェームズ・ボンドみたいな。まぁ確かに丸木君は、とんでもない身体能力があるし、川崎の麻薬王と呼ばれたヤクザも潰《つぶ》してるけども。じゃあ、みたいなじゃなくて、００７そのものだな。いや、勉強だけ抜群に出来ないから違うか。

「あいつの周りにいる奴らもろくなもんじゃないですよ。一年ぐらい前かな、あいつの仲間が街の路地裏で腕に注射器を刺《さ》していたと、他の生徒からタレコミがあったじゃないですか！　目撃証言だけですけど絶対に覚せい剤ですよ！　即、退学案件です！」

「小林先生！　丸木さんは覚せい剤に手を出すような人間を仲間にしないし、絶対に許しません。訂正して下さい」

「うっ……いや、岡部な、オレは生徒がそう言ってきたっていうのを話してる訳でな、その生徒のことも信じたいというか……」

　しどろもどろになっている。一年生に追いこまれるんじゃない……。

「でも校長、丸木はあの【今年最悪の朝】を起こしてるんですよ！」

「それは、確かにねぇ」

　今年最悪の朝ね。三月の出来事だってのに、皆そう言うんだ。確かにあれ以上、大変な朝は、今年中にもう起きてほしくないけども。

「小林先生、今年最悪の朝ってなんですか」

「そうか、あれは岡部が入学する前だからな。幻滅《げんめつ》されたくないからお前には喋ってないんだろう。今年の卒業式、ウチの高校はとんでもない大雨の日に行われたんだ。比較的新しい校舎のウチは無事行えたけど、同じ日にやる予定だった他の高校では、体育館が古く、雨漏りで中止になったところもあったぐらいだ」

「三月の大雨なら覚えてます。夕方からもっと凄《すご》くなって、駅前や川崎の方の飲食店やライブハウスとかも浸水《しんすい》で営業停止になってましたね」

「そうだ、ただ卒業式自体は最悪じゃなかった。我が校は予定通り行えた訳だからな。問題が起きたのはその翌日だ。朝一番、学校に着いた用務員さんが目を剝《む》いてな。花壇《かだん》の前に、壊れた椅子《いす》と机が大量に散乱していたんだ。これは大変なことが起きていると、急いで校内を調べると、五階の三年生の教室の、全ての椅子と机が無くなっていたんだ。外にあった椅子、机を調べたところ、卒業した三年生の物と判明したので、どうやらこの前夜にある人物が、五階の窓から真下の花壇に机と椅子を全て放り投げ、破壊《はかい》したようだ。それが【今年最悪の朝】なんだよ」

「なるほど。因《ちな》みに先生、何でその犯人が丸木さんだと」

「学校に苦情の電話が入ったんだよ。近隣の住人からな、夜九時前に、よいしょー！　って大雨よりデカい声が何度も聞こえてきてうるさかった。あれはお前らのとこの問題児、丸木だろってな」

丸木君は良くも悪くも有名人で、特に多いクレームが声のボリュームが大き過ぎること。喫茶店やボウリング場なども幾つか出禁になってるし、お店から学校に直接文句が届く。顔だけでなく声も広く知られているのだ。

「なるほど。丸木さんは認めたんですか？」

「あぁ、確かに夜に机と椅子を投げたとオレに言ってきたよ。ただ理由を聞いたら何も言わなかったけどな。生意気な奴だ。岡部、あんな人間とお前はつるむべきじゃないよ」

小林先生、本当に丸木君を目の敵《かたき》にしてるな……普段から注意の仕方がねちっこいから、余計に丸木君から反感を買っている。まぁ、小林先生のことを良く思ってる生徒も先生も少ない。マジメなのはとても評価出来るのだが。

「校長はあの【今年最悪の朝】で、丸木を退学にするべきでしたよ！」

「でもあのタイミングで彼を退学にしていたら、ここ最近に起きていた問題も、より悪化していたかもしれませんよ」

「校長先生、僕も気になります」

む、太朗君まで突っかかってくるか。

「今まで校長先生が丸木さんの活動を黙認《もくにん》して下さったのは、先生の器の大きさだと思っていました。でも確かに今聞いた【今年最悪の朝】は、即退学になってもおかしくない事件です。何故そうしなかったのですか？」

「さぁ、何でだろうね」

「もうひとつ、こっちの方がもっと大きい謎です。なぜ、丸木さんがそんなことをしたのか。普段、丸木さん、シンプルな悪事だけは絶対やらないんです。だから考えられなくて」

「岡部、そんなの考えるまでもない、丸木はそういうどうしようもない不良なんだよ」

「校長先生は、もしかして丸木さんがそれをした理由を知ってるんじゃないですか」

小林先生を普通に無視したな、この子……。

「バカ！　岡部、校長が丸木に加担してる訳ないだろ！　あの椅子や机の修理代、学校の予算では足りなくて、校長が自腹を切って負担したんだぞ！」

「確かにあの日から最近まで、毎食、白米とたくわんだけの食事が激増しましたね……」

校長は学校で一番偉いなんて言われるが、どの生徒よりも質素な食事をしていた数ヵ月だった……。最近ようやく、納豆と生卵と味噌汁《みそしる》が食卓に復活した。

「丸木があの日やったのは、それだけじゃない。三年生の教室の一部の窓には、黒くて厚いシートが貼《は》られていたんだ。これが剝《は》がすのが大変でね」

「厚いシート？　段ボールとか、普通のブルーシートじゃなく？」

「あぁ、ただそのシートに関して丸木を問い詰めたら、そんなのは知らねえ！　の一点張り。ここだけ目撃もされてないからシラを切ってる訳だ。タチが悪い輩《やから》だよ」

「そう、ですか……」

「まぁまぁ小林先生、今はそんな大迷惑もかけてないことですし、街で丸木君に助けられたとわざわざ学校までお礼を言いに訪れる方もいらっしゃいますから。大目に見てあげましょう」

「そういう方も来てるのは知っています。でも一番いいのは問題を起こさないこと！　それこそ今年の卒業生なんか、在学中に色々夢を叶《かな》えて新聞とかで特集された生徒が何人もいて。成績が悪くても、マジメに自分の得意な物を磨《みが》いたああいう子達なら、学校にとってプラスだと思います！　そんな子達の卒業の門出《かどで》の翌日にあんな出来事が起きたから、その落差で【今年最悪の朝】なんですよ！」

学校にとってプラス、じゃなくて、生徒自身にとってこの学校がプラスかどうかを考えてほしい。まだまだだな、小林先生は。

「先生、そんなに凄い人達だったんですか？　今年卒業した先輩って」

「あぁ、確か飯田《いいだ》って女子はダンスのコンクールで世界大会に行ったし、山元《やまもと》って男子も名前が知られていたな。ミキサーとか、ドロップとか言ってたから料理やお菓子《かし》作り関係かな。なんか廊下で、ガリが嫌い、とかオオバコはいいよなとか話していたから、食に興味あるんだろうなと思ったし。オオバコってわらび餅《もち》とかの原材料なんだよな」

「そうですね、調理部の先輩から聞いたことあります」

「山元は卒業してすぐ修業に行くとも言っていたし、今は職人さんの下にでも付いてるんだろう。校長は飯田とも山元とも在学中、よく話してましたよね」

「そうだね、まぁ二人とも本当に明るかったしね。今時は陽キャって言うのかな？　いい子だったよ」

「校長先生から陽キャってワードを聞くと、なんか新鮮です」

飯田さんも、山元君もよく話しかけてくれたし、卒業式の日も熱い話を交わした。日々、夢に一直線の眩《まぶ》しい若者だったな。

「とにかくですね、丸木大也は一秒でも早くこの学校から追い出すべきです」

小林先生がさらにヒートアップしてるところに、他の教員が声をかけてきた。

「小林先生、近藤《こんどう》先生が職員室で呼んでましたよ」

「あれ？　何だろう。すいません、お話の途中ですが失礼させていただきます」

「はいはい」

良かった、今の助け舟が来なかったら、延々と不満を聞かされていたかもしれない。こういうところも、自分は校長として威厳《いげん》を欠いているな。

「丸木の件、検討よろしくお願いしますよ！」

「考えておきます」

廊下を速足で歩き、職員室へ行く小林先生の背中を見送る。かなりの拘束《こうそく》時間で疲れたな。でもまだ油断出来ない。この子がいる。

「校長先生、丸木さんを退学させる気なんて無いですよね」

「うーん、まぁねぇ。明らかにこの学校と地域への貢献《こうけん》度が高いし。あんなに生徒や弱者を守る番長がいるって、ホント大昔、それこそ私が新人の時に赴任した学校を思い出すんだよね」

もし新任の頃、丸木君が自分の担任するクラスにいたら、私も小林先生みたいに目くじらを立ててる可能性もあったな。歳をとって良かったこともある。

「小林先生がいなくなったから言えますが、校長先生、貴方はやっぱり【今年最悪の朝】に関わっていますね」

そうら来た。こういう展開になると思ったんだ。

「太朗君、君の考えが合ってるにしろ間違ってるにしろ、その発言は他の誰かに聞かれた時、私が大分不利な状況になってしまう。この廊下も、またいつ誰が来るかもわからない。お昼休みにもっと静かな場所で話すというのはどうだい」

「結構です」

「ありがたい、では後ほど」

彼と廊下で別れた後、いつも通りのスケジュールをこなし、お昼休みに太朗君を、この学校で最も静かで、自分が一番落ち着ける部屋へ呼び出した。

「うわー、僕、初めて入ったんですけど、思っていた以上に校長室って色々飾《かざ》られているんですね」

隅々《すみずみ》まで観察している。とても嬉しそうだ。

「気に入ってくれたなら良かった、確かに君のようなマジメな生徒は逆に来ないのかな、ここは」

「丸木さんは何回も行ったことあるって言ってました！　校長の次に校長室に入ってるんだからもう教頭だろ！　って」

「その理論は全く成立してないな……開き直り方が凄い」

来客用のソファーを勧めて太朗君の向かい側に私も座ると、途端に太朗君の目つきが変わった。

「校長先生、早速、僕の考えを聞いてもらっても良いですか」

「もちろん、言いたくて仕方ないんでしょう」

「校長先生、【今年最悪の朝】は貴方が丸木さんに指示して起こした。ただ、わざとではなく、結果が貴方の予想と全く違うものになってしまった、そうではありませんか」

「どうしてそう思ったか、聞こう」

「僕、この学校って、周りの評価と違って、素敵な人が凄く多い場所だなと思っているんです。丸木さんもそうだし、その丸木さんを優しく見守ってくれている校長先生もいい方だなと思ってます」

「いい人は、番長を使って、学校の椅子と机を破壊したりしないよ」

「もちろんです。ただこれは結果そうなってしまっただけで、もともとは校長先生の生徒ファーストの善意から生まれたものだったんです」

「随分と褒《ほ》めそやしてくれるね。私はそんな立派な人間じゃないよ」

「いいえ。何故ならそもそも校長先生も、頼まれた側だったんです。恐らく山元さんという卒業生から」

厄介《やっかい》なところから言ってくるなぁ。

「山元君？　変なことを言うね。山元君は料理が好きなんだろ？　何でその生徒が夜中の教室に用があるんだい。家庭科室じゃなく」

「その前提がまず全然違うんですよ」

ごくりと生唾《なまつば》を飲みこむ。

「先ほど小林先生が話していたのは料理のことじゃないんです。クラブで音楽をかけるＤＪの用語なんです。ミキサーはスピーカー、ドロップは曲の盛り上がり部分、ガリはレコードが劣《れっ》化《か》して起きる音、オオバコは葉っぱじゃない、大きめの会場のことです」

「ほー、全部綺麗《きれい》にそっちのワードになるんだね」

自分で言っていてわざとらしい。

「山元さんがクラブDJとして活躍していた生徒なら、卒業式の夜に何が起きたのか、僕なりの仮説があります。校長先生はこう頼まれたんじゃないですか？　この日の深夜にイベントをやるはずだったクラブハウスが、大雨の浸水で使えなくなった。だからこの高校でイベントをやらせてくれないか、と。その願いを叶えるために、校長先生は三年生の教室全てを、クラブハウスのようなフロアーにする必要があった」

真っ直ぐな瞳《ひとみ》。この子は丸木君や、自分と同世代の学生には怯《おび》えることが多いが、我々のような大人にはほとんど動じないな。その感覚が実は丸木君より危なっかしくもあり、羨《うらや》ましくもある。

「卒業式の日の川崎のDJイベント、ネットで調べてみたら設備不良で中止になったクラブハウスが幾つかあって、そのうちの一つに【DJヤマジン　日本から追い出しナイト】というイベントがあったので、恐らくこれではないかと」

「続けて」

「窓に貼られていたシートは、夜中に明かりが漏れるのを防ぐと同時に、防音の効果もあった。だから段ボールやブルーシートじゃなかったんです。一部残っていたのは剝がし忘れていたから」

「では、丸木君も学校のクラブイベントに参加していたと」

「そこが、とても重要なポイントです。丸木さんはそのイベントに参加せず、貴方からのお願いだけを夜九時前に遂行《すいこう》してその後は帰った。シートを貼ったのは、山元さんか校長先生です。だから丸木さんはシートについては知らない、と言った。深夜に行われた学校のイベント自体を知らなかった」

「ほう、じゃあ私は丸木君にどんなお願いをしたというんだい」

「その前に、まず校長先生が山元さんに会場を貸してほしいと頼まれたのは、卒業式の夜だと思ってます。とにかく今夜、数時間後に学校に大勢の客を招き入れたいと言われた貴方は困った。でも、頑張《がんば》っていた生徒の願いは叶えてあげたい。体育館には卒業式で使われた大量のパイプ椅子や紅白幕がまだ残っていただろうし、クラブハウスのイベントに来るはずだった人を全員招くためには、三年生の全部の教室の机と椅子をどかさないといけない。自分一人の力では、とてもそれらを別の教室に移動させることが出来ない。しかし山元さんはＤＪの準備で来られない。だから困っている人の依頼を常識外れの力で解決出来る番長に貴方は、こう頼んだ。三年生の教室の机と椅子をどかして、真っ平らにしてくれ、と」

校長室に入れた時点で、この子は真相を当てるだろうとは薄々思っていた。だが私が丸木君に頼んだその一言一句まで当ててくるとは。

「ところが、ここで大きな問題が起きてしまう、恐らく校長先生は丸木さんが夜の校舎に来た後、別の準備をしていたんでしょう。それが終わり五階に上がると、教室はちゃんと真っ平になっている。それだけを確認して、丸木さんに感謝して帰した。貴方は丸木さんが机と椅子を、別のところに運んだと思っていたが、実際はダイナミックに机と椅子を外に捨てて、目的を遂行してたんです。丸木さんの頭のシンプルさを貴方は見誤った」

シンプルさ、ね。この子は丸木君をバカとは言わないな。私も彼をバカな子とは思わない。ただ私の思っていた以上に、こちらの言葉を真正面から受け止めてたんだよな……。

「丸木さんは漢気《おとこぎ》があるから、貴方の名前を出さない。本当は貴方も問題が発覚した時点で、丸木さんに頼んだのは自分だと言いたかった。ところがそうすると、山元さんやイベントに参加した全員が問題視される可能性があった。深く悩んだ貴方は、自分が首謀者の一人とは言いだせず、ただただ丸木さんを守ることで事態を収束させた」

「お見事だ、太朗君。君の賢さは重々承知していたけども、マジメな君がクラブ文化やDJについても詳しいとは思わなかったな」

「さっきも言いましたが、小林先生の課題で川崎について調べたんです。BAD HOPしかり、川崎はHIPHOPが根付いてる土地なので、多少そちらも勉強しました。こんななりですが」

別にいい。本来のクラブ文化は人を選ばない。社会をドロップアウトした人達だけのものではなく、大卒や社会人経験もある素晴らしいラッパーやDJがいるということもtofubeatsやRHYMESTER、いとうせいこうが教えてくれた。わかっていたはずなのに、太朗君に今のような発言をした自分が恥ずかしい。

「まだ昼休みが終わるまでは時間があるね。あの日何があったか、私の視点からの話をしてもいいかい」

「是非、丸木さんがしたことについても聞きたいので」

前のめりになって、聞く姿勢になってくれている。久々に教壇に立っていた時の、あのやる気が出てきた。丁寧《ていねい》に話してあげよう。


校長になって数年経つが、今年の卒業式は本当に感慨深かった。お世辞《せじ》にもガラがいいとはいえない高校。だけども私は、ダメな学校とは全く思わない。たとえ勉強がしたくなくとも、「高校」という場を欲して自分の意思でここに通ってくれている時点で、私は彼らに感謝している。

もちろん、生徒の中には、道を外れて問題を起こし、この学校を去る子達もいる。私としては寂《さび》しい気持ちはあるが、その子達は学校という道以外の、自分で見つけた新しい道で楽しく幸せになってほしいと常に考えている。よく他の教員から、校長先生の考え方は甘すぎると注意を受けるのだが。ある時、野放しにするのは教育者として違うだろうと強く言われて、確かに生徒が選んだ道だとしても、本人の覚悟《かくご》してないところで不幸への片道切符になってる可能性もあるなと思い直した。具体的に行動した方が示しもつくだろうという考えもあって、数年前からうちの高校で出入りを禁止している川崎のクラブハウスやライブハウスに出入りするようになった。

これは一部の先生にしか伝えていないが、皆一様に驚く。危ないから止めて下さい！　しんどくないですか？　などとも言われるが、実は私は学生時代から、ライブ音楽全般、ロック、パンク、それこそＨＩＰＨＯＰも好きだったので、そもそもそういう場自体が好きなのだ。大昔、Ｒｕｎ‐Ｄ．Ｍ．Ｃ．を渋谷で見た時は興奮したなぁ。今の子達はトーク番組のＢＧＭで使われてるのしか知らないか。いや、ＴＶ自体見ないのかな。でもＴＶを見なくても、どんなに時代が変わっていったとしても、音楽は若者から我々ジジイまで平等にアガる気持ちを届けてくれる。そこが素晴らしい。

平日の夜中のクラブハウス、カウンターでドリンクを飲みながらフロアーを見渡すとチラホラとウチの生徒も見かける。だけども純粋に音楽を楽しんでいる子達にはその場で注意したりせず、来ていたな、ということだけ心に留めておく。明らかに一線を越えている子、例えば暴力騒《さわ》ぎを起こしていたり、良からぬ取引等を見かけたら、直接注意したことも何度かあった。

一度、ウチの女子生徒が暗がりからこちらに近づいてきて、珍《めずら》しくバレたかな？　と思っていたら、「おじさん今夜三万でどう？」と聞かれたこともあったな……。「いやいや私、君の通ってる学校の校長だよ！」と返したら「そう。だったら半額でいいよ」と言ってきたのには、驚いた。すぐ家に帰したけども、変な度胸を見せられたな……後日、その子は自主退学していたが。

ずっと生徒を見張っている訳ではなく、私も踊りこそしないまでも、音楽に耳を傾けて楽しんでいる。あの日は、気分を変えていつもと違う酒を頼んでしまったからか酒の回りが早く、二組目のＤＪ終わりで帰り支度を始めていた。ところが、三組目が始まった瞬間、稲妻のような爆音とスクラッチに目が覚めた。

まだイベント自体が中盤に入ったところ、客の数もそこまで多くないのに、いきなりガンガンに技術を見せてこちらをアゲていく。思わず久しぶりに首と肩が上下に動く。カウンターにいた男女も次々とフロアーに集まっていく。

私もどんな奴が回してるんだとフロアーに降りると、ＤＪはキャップを目深《まぶか》に被って客に表情を見せないようにしている。手元の動きがとんでもなく速いのだが、恐ろしいのはアナログレコードでこのプレイをしてることだ。デジタルと違って、レコードを直に替えたり、自分自身の耳に頼る部分が多いので、アナログの方が格段に難しい。周りの客もこのＤＪを初めて見るのか、驚きの叫《さけ》びをジーマ片手にあげているのだが、そのフロアーで一番驚いていたのは私だ。ウチの生徒だったからだ。

プレイが終わるとたくさんの仲間や、心を奪《うば》われた客が彼のもとに集まり、彼を称《たた》えた。邪《じゃ》魔《ま》にならないよう遠目から彼を見ていると、少し照れながら感謝を周りに伝えている。あれだけ手元が激しく、それでいてクールなプレイをしていたとは思えない素朴《そぼく》さ。微笑《ほほえ》ましいな。そう思った瞬間、彼と目が合い、慌《あわ》てた顔で人垣の中心から抜け出してしまった。いかん！裏口から外に出る寸前で見つけて声をかけた。

「君！　ちょっと待って」

「すいませんでした！　どうか退学だけは……」

「そんなことはどうでもいい！　それより君、凄く上手いね！　どれくらいやってるの？」

「え？」

　これが山元君と初めて喋った時のこと。生徒と喋ったというより、久しぶりにライブハウスでイケてる新人を出待ちした時のような気分だった。当時の山元君は二年生だった。同じクラスの悪友からクラブに行こうと一年生の時に誘われ、保護者には勉強会と嘯《うそぶ》いて通い始めたらしい。ナンパにいそしむ級友と違い、ＤＪのカッコよさに気づいた彼は独学で学び、このクラブハウスの店長に頼みこみ、お試しで人前に立ったところ、毎月やってるこのイベントのレギュラーに抜擢《ばってき》されたらしい。

「あっ、大丈夫だよ。これで君を退学とかにはしないよ！　ただ、出入りを禁止している校長が言うのもアレだけど、君、もう食っていける道、見つけてるよね。高校辞めたくならないの？」

「本当に、校長先生の発言とは思えないですね……」

　よく言われる。でも今のは本心からの言葉だ。

「いや、だって君の腕は完全にプロだよ。久しぶりに若い頃の石田さんや、ホンダくんを思い出したわ」

「はい？　誰ですか？」

「そうか……さすがにＥＣＤやｄｊ　ｈｏｎｄａは知らないか。とにかく君がプロの域に達してるのは、ここのハウスの店長もわかってると思うよ」

「ありがとうございます。でも僕、うちの学校好きなんです。活気というかエネルギーに溢《あふ》れてるし、持て余して悪くなり過ぎちゃう子もいるけど、覇気《はき》の無い空間よりはあそこにいたいなって」

「覇気のある高校か。あまり言われたことがない誉め言葉だな」

「あと僕、家にずっといたくないんです。学校辞めたら、家にいる人と顔を合わせる時間が増えそうだし」

家族と言わず「家にいる人」と言ったのが気になり事情を聴くと、彼の父親は小学生の時に愛人と失踪したらしい。その後、母親にゲームセンターに連れて行かれて、いつもより大分多い五千円をお小遣いに貰うと、「しばらく好きに遊んでいなさい。お母さん、買い物してくるから」と言われたそうだ。あ、お母さんにも捨てられるなコレ、と気づいた彼は、両親のことを忘れるために、得意だったビートマニアというリズムゲームに五千円を使い切るまで没頭《ぼっとう》した。

その後は、親戚のおばさんに引き取られたのだが全く反《そ》りが合わず、入った高校も評判が悪いので常に嫌味を言われる。そこで勉強してくると嘘《うそ》をつき、外で友達と遊び歩いてる中でクラブとＤＪに出合う。ＤＪはレコードを触ってる感じがビートマニアを思い出すそうだ。楽しいし、家で全く評価されない自分がここでは褒められるし、何よりうちの高校でこのクラブに出入りしている生徒から声をかけられる。それが一番嬉しい。僕にリスペクトの心を持ってくれているから、この高校で卒業したいと彼は熱く語ってくれた。

その後、彼はＤＪだけでなく、作曲活動にも力を入れ始め、その曲がネットで大きく話題になった。さらに、自宅で撮ったＤＪプレイ動画も世界的に評価され（クラブハウスでの撮影じゃなくて学校側としては安心した）、国内外のレーベル何社からも、卒業後すぐにでも所属してほしい！　と誘われていた。

結局、本人はアメリカのレーベルを選び、作曲活動をしつつ、向こうのクラブハウスでもＤＪをするそうだ。米国ＨＩＰＨＯＰが一番好きなジャンルだと言っていたから、彼も本望だろう。私としても、山元君は教師生活三本の指に入る、自慢の生徒だと胸を張って言える。

そんな山元君から卒業式の日に電話を貰った時は、律儀《りちぎ》にも改めて挨拶してくれるんだろうとしか思ってなかった。あれは夜の八時頃、事務的な作業を終え、帰ろうとした時だ。その日は山元君が出る最後のイベントがクラブハウスで開催される予定で、あまり遅くなると間に合わないから、頑張って仕事を終わらせた記憶がある。

「宍倉さん、今、大丈夫ですか？　他の先生とか周りにいます？」

「いや、いないよ。今、学校には私だけだ」

本来、教職員が個人的に生徒と連絡をとるのは禁止されているが、山元君や一部の親しい男子生徒とは、こっそり連絡先を交換している。私もそこそこ不良だな。

「すいません、無茶を承知で頼むんですけど、今日この後、夜中に学校でＤＪ出来たりしますか？」

「……なんだって？」

あまりに突飛なお願いに、思わず聞き返した。

「実は、今日やらせてもらえるはずだったあのハウスがこの大雨で浸水してしまい、機材やお客さんにも影響出ちゃうからイベントが出来ないって言われちゃいました」

確かにあそこはここらでは有名な老舗《しにせ》だが、フロアーが地下だからな……。確かチケットは二百枚すぐに売れたと言っていたな。そのお客さんへの対応も大変だろうし、何より山元君自身が明日アメリカに発《た》ってしまうから、延期も難しい。

「一応、他のライブハウスにも連絡したんですけど、急遽《きゅうきょ》やらせてもらうのはさすがに難しいと断られちゃって……。簡単な機材なら家にあるんで、こうなったら学校でやらせてもらえないかと……でもやっぱり、無理ですよね、ごめんなさい」

「いや！　私も最後に君のＤＪは見たいよ。ううん……まぁ夜中集まるのは、なんとか防音シートとかで窓を塞《ふさ》いで、音も明かりも漏れないようにして、夜明け前に帰ってもらえば問題ないかもだけど。体育館は使えないし、二百人も来るなら三年生の全ての教室の机と椅子を片付けないと……私や君だけだと運び出すのに時間かかるし、来てもらう人達にやってもらうのも無粋《ぶすい》だろ」

「そうですよね……まぁ最悪、皆には座って見てもらえば」

「それはダサいなぁ……」

折角《せっかく》なら立って、彼の出す音を全身で浴びてノリたい。電話口で十秒ほど考えこんで、ある生徒が頭に浮かんだ。

「山元君、もしかしたらなんとかなるかも」

「ホントですか⁉」

「あぁ、後でかけ直す、ちょっと待ってくれ」

山元君からの電話を切り、この学校の、いや、最早この川崎の面倒事《めんどう》を解決してくれる、スーパー高校一年生に電話をかける。ワンコールですぐ出た。

「おう、シッシー。どうした」

「丸木君、急に電話して申し訳ない」

私と距離が近い生徒ほど、もう私を校長先生とは呼ばず、宍倉という名前に重きをおいて呼んでくれる。他の先生が横にいるとびっくりされるが、私はこう呼ばれるのが嬉しい。

「なんか、もしかしてオレ知らずにやらかしてたか？　昨日《きのう》、一昨日《おととい》は大人しくしてたけど」

「いやいや、苦情がきてるとか、そういうのじゃないんだ」

ただ一昨日より以前は大人しくしていなさそうで怖いが。

「丸木君、深くは聞かないでほしいんだが、今日この後すぐ、三年生の全ての教室の机と椅子をどかして真っ平らにしてくれないか？」

「……面白そうなこと言うじゃねえか。いいぜ、引き受けるよ。あんた、いつもオレの話ちゃんと聞いてくれて、退学になるの止めてくれるからな。事情も聞かないよ」

「ありがとう、恩に着る」

夜中のイベントには、一般客の他に山元君の友人で既に退学になってる生徒、それも丸木君が成敗《せいばい》した不良グループのリーダーも遊びに来ると言っていた。今は改心してアクセサリーショップで働いてるのは知っているが、丸木君と顔を合わせれば喧嘩になるかもしれない。鉢合《はちあ》わせしないように、片付けてもらったらお帰り願おう。

「因みに平らにするとしたらどれくらいかかる？」

「そうだな、早くやろうとすれば三十分あれば」

「三十分⁉」

ウチは一学年五クラス。椅子も机もそれぞれ二百個あるのに、さすが半端じゃない怪力《かいりき》だ。それなら本来のイベント予定の夜十時スタートで間に合うな。

「わかった。丸木君、今から学校に来てくれ」

「了解した」

電話を終え、今度は山元君に連絡、なんとかウチの教室で出来そうだと伝えると、たいそう喜んでいた。かくして、前代未聞の学校での「ＤＪヤマジン　日本から追い出しナイト」が決定したのだ。

夜八時三十分過ぎ、丸木君が待ち合わせた三年一組の教室に現れる。

「シッシー、待たせたな」

「いやいや、来てくれて助かるよ」

「それじゃあ早速やらせてもらうよ」

「お願いする。私はちょっと仮眠を取らせてくれ」

この数年、校長業務をしつつ、クラブにも顔を出していたが、今年に入って、やはり寄る年波に勝てず、眠くなる時間が早くなった、今日は大雨の中の卒業式という大きなイベントもあって、疲労も蓄積している。この後のメインイベントを楽しむために、少し寝ておきたい。

「ん？　この後も学校にいるのか？　どれだけ学校が好きな校長なんだよ……あ、すまん、事情は聞かない約束だったな」

こんなにも豪快《ごうかい》なのに、意外に気も使えるのが彼の魅力の一つだ。

「お気遣いありがとう。校長室にいるから、終わったら声をかけてくれ」

「わかった」

丸木君に頼み、教室を出る。校長室ではソファーに寝転がり、目をつぶる。本格的に眠る直前に、雨音と丸木君のよいしょー！　という声が遠くで聞こえた。

「シッシー、起きろよ、おい。シッシー」

軽く頰《ほお》を叩《たた》かれて目覚める。

「あぁごめん、終わったのかい」

「おう、しっかり教室は平らになった。綺麗なもんだ」

時計を見ると、あれから二十二分しか経ってない。予定よりも早く終わらせたのか。凄いな……。

「さすがだね、丸木君。急に呼び出して悪かった」

「別にいいよ。さすがに疲れたからもう帰らしてもらうぜ。またな、シッシー」

「あぁ、どうもありがとう」

丸木君が去った後、教室に行くと、机と椅子が綺麗になくなっていた。シンプルな違いなのだが、いつもの教室より三倍は広く思える。これぐらいなら皆踊れるな。そういえば、元々あった机と椅子をどこに移動させたか聞いてなかったな。まあ近くの音楽室とかにまとめてるんだろう。山元君が来るまでに、大急ぎでホームセンターに行き、買ってきた防音シートを三年生の各教室の窓に貼っていく。

「宍倉さん」

「あっ、山元君」

貼るのに集中し過ぎて、後ろに来ていたのも気づかなかった。

「宍倉さん、一人でずっとニヤニヤしてましたよ」

「そうか、恥ずかしいな。いやね、文化祭の準備みたいなことを、私が一人でやっていると思うと可笑《おか》しくなっちゃってさ」

「なんか、グッと来ますね。今の」

「そうかい？　ジジイになっても学校という檻《おり》の中にいたい、変わり者ってだけさ」

「檻なんかじゃない、宍倉さん。僕はここが大好きで、家族や帰る場所がない僕にとってはここが家で、出会えた宍倉さんや仲間が、僕の家族です」

「山元君……嬉しいね、そしたら私はこの家のおじいさんとして、孫の君をしっかり夜更《よふ》かしして、見送らせてもらうよ」

「ありがとうございます。今までで一番忘れられない夜にします」

雨も小康《しょうこう》状態になり十時近くになると、開場のBGMがターンテーブルから流れ、夜の教室に続々と若者が入ってきた。その中には昼に山元君と共に卒業式に出席した三年生、卒業出来ないで留年した子、途中で退学して久しぶりに学校に来た子、学校外の山元君のファンがいる。皆がワクワクした顔をしている。夜の学校ってだけで、特別な気持ちになってるんだな。

あっという間に一つの教室が埋《う》まり、隣の教室にも集まってくる、学年全部の教室を開放しておいて良かった。山元君が放送室から借りた電池式のマイクで皆に語り掛ける。

「皆！　今日は突然場所を変更したシークレットライブに来てくれてありがとう！　シークレットなんで絶対に他の人に今日のことは言わないように！　いいかい⁉」

イエー！　とあちこちから声が上がる。

「OK！　じゃあ一発目からガンガンなやつなんでお願いしまっす！」

いきなりの重低音が全身に響き渡る。ネットで彼が発表してあっという間に何百万回も再生されたオリジナル曲だ。それをわざわざレコード盤にしてDJプレイでセルフリミックスを加える。この曲を初めて聴く人も、知ってる人も大盛り上がりだ。滅茶苦茶盛り上がってる一角を覗《のぞ》いてみると、高校生ダンスコンテストで優勝して世界大会に行った飯田さんが全力で踊っている。最高のコラボだ。

一曲目から山元君はぶっ続けで一時間この教室でプレイし、その後は次の教室にプレイしに行った。彼がいない教室では、彼の仲間のＤＪ達が盛り上げていく。一時間ずつ、五つ全ての教室でレコードを回してた山元君は、物凄《ものすご》い体力を使っていたはずだが、終始楽しそうだった。我々も大満足の素晴らしい「夜の卒業式」になったと思う。深夜三時頃にお開きになった後も、皆、山元君に激励の言葉をかけていてなかなか帰らず、教室に私と山元君の二人きりに再び戻った頃には四時過ぎになっていた。二人で防音シートを剝がす。

「宍倉さん、今日は本当にありがとうございました」

「いや、私も君のプレイをアメリカに行く前にしっかり見られて良かったよ。それに何よりこんなライブ、多分、人生で味わえるのは今日だけだと思う。教師やってて良かった」

「僕もこんなライブ、もう絶対に忘れないと思います。ＤＪ始めて、良かった」

ニカッと笑う。いつまでもこの純粋な笑顔を忘れないでほしい。

「ほら、君も早く帰りなさい。今日、飛行機に乗るんだろう。寝坊《ねぼう》したら大変だ」

「最後まで僕を甘やかしてくれますね」

「まぁ、君のファンでもあるしね」

「宍倉さん、お達者で」

「君もね。日本に戻ってまたＤＪやる時は、必ず教えてくれよ」

固い握手《あくしゅ》を交わし、山元君を玄関まで見送る。雨はもう上がっていた。教室に残りの窓のシートを剝がしに戻る前に、椅子や机が片付けてあるであろう、他の教室を覗いてみる。あれ、見当たらない。階段を使って別の階の教室に移動させるのは時間がかかる。丸木君は一体どこに……も、もしや。

頭に浮かんだ「まさか」を確かめるべく、窓から三年生の教室の真下を見ると、大量の椅子と机が散乱していた。丸木君の言葉を思い出す。

「そうだな、早くやろうとすれば三十分あれば」

早くやろうとしてくれたんだな……これは、どうやって片付けるか聞かなかった私が悪い。ただ、このシークレットライブを許可したことは、バレないようにしなくては。あんなに最高だった夜を台無しにしたくない。

とりあえず今はどうにも出来ないのでタクシーで家に帰り、翌朝、何も知らない顔で事態を聞いた振りをした。正体不明の不審者のせいにしようかなと思っていたが、丸木君の声が、ご近所さんからクレームに。こうなると丸木君を無理やりフォローするしか手は無かった、丸木君も僕の名前を一切出さなかったし。

と、最後の最後で【今年最悪の朝】なんて事件が起きてしまったが、これを差し引いたとしても【生涯《しょうがい》最高の夜】だったのは胸を張って言える。


「生涯最高の夜ですか……本当に素敵なアフターパーティーだったんですね。秋の学園祭でも教室をフロアーにして、後夜祭的に皆で踊るのも楽しそう」

話が長い老人の語りを、柔らかい笑みを浮かべて聞いてくれる。この子もとてもいい子だ。

「いやぁ、あれはいいＤＪがいないと成り立たないよ。丸木君も、前に成敗した相手がいなければ誘いたかったけどね」

「校長先生、多分誰がいるとか関係なく、丸木さんは夜の追い出しライブに出なかったと思いますよ」

「え？」

「音楽の趣味が違うんです。丸木さん。川崎のご当地アイドル【川崎純情小町】ばっか聴いているので」

「ア、アイドル？」

ヒョロヒョロのパシリのこの子がＨＩＰＨＯＰを聴いてて、ゴリゴリの番長がアイドルを聴く。好きな音楽というのは、見た目では本当にわからないな。いい時代になった。

「丸木さんが悪事を働いていないと確認出来て良かったです。校長先生、わざわざお時間作っていただきありがとうございました」

「とんでもない。ただ、くれぐれも内緒にね」

「もちろんです。僕、この学校をより好きになりました」

「そう言ってくれると凄く嬉しいよ」

山元君達が卒業してからは、丸木君とこの子にとても期待している。あの夜のように普通に先生をやっていたら見られない景色を、この子達も見せてくれそうだ。

「そろそろ五時間目も始まるので、失礼しますね」

「あっ、岡部君」

「はい？」

本当に今、丸木君の横にこの子がいて良かった。だからこそ、先ほど聞いた事実を二人に伝えるのが心苦しい。

「さっき連絡があって、週明けの月曜日に全校集会でも話すんだけども……」

「大丈夫です、わかりました」

「……そうか」

頭が良すぎるのも、悲しいな。

「大丈夫かい」

「はい。校長先生、僕らへのお気遣いありがとうございます。失礼しました」

丁寧なお辞儀だ。校長室から退出する彼の顔には、今が昼とは思えないぐらい影が掛かり、まるで深い夜の中にいるようだった。若い彼に希望の朝が早く来るよう、心から願う。

＊

放課後、丸木さんのもとへ行くと、驚くことに校門に寄りかかって文庫本を読んでいた。

「お疲れ様です」

「おう、パシリ」

こちらを全く見ない。まさかとは思うが。

「それ『やがとめ』ですか」

「おう、もうすぐ読み終えるんだ。いやぁ、上手いなぁ文章が」

丸木さんが食べ物以外でうまいと褒めることはなかなかない。読みそうな空気は出していたが、やっぱり番長が感動小説を読んでるとギャップが凄い。

「そういえばお前、昼に教室覗いたけどいなかったな」

「いらしてたんですか？　すいません！　昼休みは校長室にいました」

「シッシーのところに？」

ワードが大ごとだからか文庫本を閉じ、僕の顔を見る。

「なんだお前、変なことやらかしたのか」

「いえ、ちょっと世間話を」

「ふうん。まぁ確かにあの爺《じい》さん、他の先公と違って喋ってて楽しいからな。名前もいいよな、苗字シシクラだろ？　ライオンもシシって言うし、ウチみたいな猛獣ばっかりいる動物園みたいな学校で、百獣《ひゃくじゅう》の王のシシとして君臨《くんりん》する。校長にぴったりだよな」

丸木さんは他の教員からよく、校長先生を舐めてる！　と怒られているが、それは完全な誤解で、常に校長先生をリスペクトしているからこそ、喋りにいってるのだ。

「ただ世間話したってことにしちゃあ、お前暗い顔してるなぁ。なんだ、実は頭いいと見せかけて全部カンニングしてたとかか」

「丸木さん……」

「茶道部のお茶菓子のどら焼き、こっそり一個食べてしまったとか？　それオレか！　ダハハハ」

「丸木さん、せいじさんが、亡くなりました」

空気が止まる。マジか！　と驚くこともなく、そうか……と呟《つぶや》くこともなく。ただ笑顔から真顔に変わった。一分ほど何も喋らなかったし、息もしてなかったと思う。僕も、丸木さんも。

「お通夜《つや》は今日、この後、行われるようです」

「オレに行けってか。行ける訳ないだろ。こんな身なりのガキが」

「そうじゃないです、僕が丸木さんの代わりに行きます」

「あ？　何する気だ」

「僕に任せて下さい、丸木さん」

丸木さんの返事を待たずに駆《か》け出した。この一件はあの人が来るとこじれてしまうだろう。丸木さんのためにも、こればかりは僕が一人で解決しなくてはいけない。

遠く後方から「おい待てパシリ！」と声が聞こえた気がした。だが僕は振り返らず目的地へと向かう。

今、僕が走っているのはパンを買うためでも、丸木さんの成績をごまかすためでもない。

僕らの悲しみに一つの答えを出すために走っているのだ。

ヤンキー、空に還《かえ》る

ドラ息子、という言葉の語源を調べたことがある。男手一つで育てあげた可愛《かわい》い我が子が中学の途中からグレ始めて、とにかく口論が絶えず、ある日「このドラ息子が！」と叱《しか》りつけたら、「なんだよドラって！」と言い返されたのでネットで検索したのだ。

ドラ息子とはいつまでも働かないで親の脛《すね》をかじってる子どもを指す言葉で、お金が尽きる、金つく、鐘突《かねつ》く、銅鑼《どら》を突く、の連想でドラ息子になったらしい。それでいうと、ウチの子は別に父親の財布《さいふ》から金を抜いたこともなかったし、働く義務の無い未成年なのでドラ息子は違ったなと反省した。次の日からバカ息子と怒鳴《どな》りつけた。

今となってはバカ息子でも、ドラ息子でも何でも良かった。親の金なんかよりも、もっと大切な息子の命が尽きてしまった。

「なぁ、どうしたらいい？　父さんもそっちに行って、久しぶりに母さんとお前と家族三人で過ごすのもいいかなと思ってるんだ」

久しぶりに家に帰ってきた息子に語りかけた。いや、息子は帰ってきてなんかいない。家で会えば眉間《みけん》に皺《しわ》をよせて自分に悪態をついていたから、棺桶《かんおけ》の中でこんなに穏《おだ》やかな顔してるこの少年は、何処《どこ》か別の家の可哀想《かわいそう》な子どもに思えてきた。

思えば妻が亡くなった時も、どうしたらいい？　と亡骸《なきがら》に問いかけていた。単純に彼女を突然の事故で失った悲しみに暮れ、そして消化器官に先天性の重い病気が見つかった四歳の我が子をどう守っていくべきか、何もわからなかった。そして結局わからないまま、十三年後に息子が死んだ。いや、一つだけはわかっていた。わかっていたのに止められなかった。息子を、丸木大也《まるきだいや》に会わせるんじゃなかった。

インターホンが鳴る。もう粗方《あらかた》思い当たる人達は来てくれた気がするが……カメラで相手を確認すると、息子と同じ学校の制服を着た小柄《こがら》な少年が所在《しょざい》なさげに立っていた。

「……はい」

「すみません……僕、せいじさんの友人で岡部《おかべ》と言います。この度はお悔《く》やみ申し上げます。大変な中、申し訳ございません。生前せいじさんにとてもお世話になったので、お線香をあげさせていただきたいのですが」

「……どうぞ」

息子の友達は丸木のような威圧的なチンピラ連中しか見かけたことが無かった。そいつらが来たら門前払いしようと思っていたが、明らかに雰囲気が違う。ヒョロヒョロで気弱そうだが、目にはチンピラには無い知性が宿っていて、そしてその瞳《ひとみ》の奥から今の自分と同じ深い悲しみが透《す》けて見える。息子にもこんな友人がいたのかという驚きと興味で、玄関のドアを開けることにした。

「お邪魔《じゃま》します。突然押しかけてしまってすみません、初めまして。N高校一年の、岡部太朗《たろう》です」

「わざわざありがとう。父の、御子柴雄介《みこしばゆうすけ》です。向こうの和室に仏壇《ぶつだん》がありますし、息子もいます。宜《よろ》しければ顔を見てやって下さい」

「ありがとうございます」

和室に通すと、棺桶の中で眠る息子の前で手を合わせ、「せいじさん、ありがとうございました。安らかに」と語り掛け、瞑《つむ》った目から一筋の涙が流れていた。その涙を見て、涸《か》れ果てた自分の眼球もまた泣こうと動き始める。もう出るものも出ないが。

「つかぬことを聞くけど、息子とはどこで会ったのかな。N高の一年だと、学年も一つ下だし」

「はい、一年半前、僕がまだ中学生だった頃、ある不良に虐《いじ》められているときに、その不良を撃退して助けてくれたのがせいじさんでした」

「息子が？　あいつこそ不良だっただろ」

あまりにも意外過ぎて、亡くなった我が子のことながら正直な気持ちをぶつけてしまった。

「いいえ。せいじさんは誤解されやすそうですが、僕は不良ではないと思ってました。凄《すご》くクールで言葉数も多くない方ですけど、物知りで優しい人でした」

クール？　家だと自分と怒鳴りあいや殴《なぐ》りあいの喧嘩《けんか》もしていたのに、結構な内弁慶だったんだな。あいつ。

「あと、せいじさん、とてもオシャレだったので、洋服とかも譲《ゆず》っていただきました」

「服？　無理やり買わされたりとかしてなかった？」

「いえいえ！　全て無償で。確かに最初は柄物とかが多くて、顔的に僕には似合わないものとかもありましたが、途中からそれも踏まえて僕に似合うものを渡して下さいました」

「それなら良かったけど……」

親バカになってしまうが、息子はスタイルも顔だちも良かった。母親が元モデルというのもあるが、病気のせいで、なかなか固形物が食べられず、シュッとした顔と体型を維持《いじ》していた。数年前に一度、役者の加瀬亮《かせりよう》に似ているなと伝えたことがある。あんなイケメンじゃねえだろ、と照れていた。あの頃はまだ親子の微笑《ほほえ》ましい会話が出来ていたと思う。

「あいつに君みたいなマジメそうな友達がいたなんて、小学生の時以来かな。何であんなにタチの悪い不良の真似事をするようになってしまったんだろう」

「御子柴さんから見て、そんなにせいじさんは変わったんですか？」

このぐらいの歳の子は普通、友人の父親のことをおじさん、もしくはお父さんと呼ぶのだろうが、御子柴さんと呼んでくるとは。大分変わってる子だな。初対面だし、この子なりに緊張してるのか。それは自分も同じか。ここは、息子の供養のために息子のことを語ろう。


「息子の持病は四歳の夏からでね、治療法が未だに見つかっていない、とても難しい病気なんだ。小学校に上がった頃は周りのクラスメイトよりもヒョロヒョロで、視力も良くなかったから眼鏡もかけていて、典型的なもやしっ子、いじめられっ子だったんだよ」

思えば、目の前にいるこの子もそんな感じだ。真っ直ぐ育っていたらこんな穏やかな見た目で、もっともっと長く生きていたのかな。

「今じゃ信じられないけど、昔は本当に優しい子だった。息子の母親も事故で早くに亡くなっていてね。情けない話だが父親の自分の方がよく落ち込んで、うなだれていたんだ、そうしてると必ずあの子が『お父さん、下向かないで、幸せが落っこちちゃう』って声をかけてくれたんだ。あの子だって辛《つら》かったはずなのに」

今年の二月にあの子が入院してから、またうなだれることが増えた。今度は「辛気臭《しんきくさ》いツラしてんじゃねぇ！」と空元気《からげんき》で噛《か》みついてくるので、結局、喧嘩になる。変わってしまった。何もかも。

「小五の頃かな、虐められるのが嫌《いや》だ。僕、強くなりたい、って頼まれてな。家の近くにあった少林寺拳法《しょうりんじけんぽう》の道場に見学に連れていったんだ。諦《あきら》めさせるつもりでね。息子の病気は、強いストレスを受けたり、激しい運動をすると内臓に深刻なダメージが来るから、親としてはやらせたくない。ただあそこは全国大会に行くような子も通う厳しい道場だったから、稽古風景《けいこ》を見たらもうやりたくないと言うと思ったんだ。ところが息子はそこでかえって火がついてしまってね。絶対通うと意固地になったから、師範《しはん》にも条件付きで教えてほしいと頼んで、通うことにさせた」

思えば、これが全ての元凶だった。

「条件というのは？」

「もちろん、無理をさせない。病気のことも伝えて、他の子よりも軽い稽古にしてくれと。ところがその道場の師範、そして息子はこの条件を早々に破った。どうやら最初の稽古での動きを見た師範によると、息子には少林寺拳法の才能があったらしい。当時その道場の小中学生の部で一番強かった、息子と同級生のある門下生と同じくらい強くなれると、息子に熱く語ったらしい。親以外にそんなに人に褒《ほ》められてこなかった息子はやる気に火がついて、私に隠《かく》れて通常メニューで稽古をしはじめ、自ら望んでそのエリート門下生と何十分も試合をし続けていた」

その門下生こそ丸木大也だ。最初に道場で見かけた時から目つきの悪いクソガキだった。

「学校を体調が悪いと言って早退し、道場に通っていたみたいだ。無論、仕事の忙しさで気づけなかった自分が一番いけないんだが……ようやく気づけたのは息子が中二になった年の冬、友達の家に泊まりに行くと出てった後、そのお宅の家に挨拶《あいさつ》をするために電話したところ、全くそんな予定がないことがわかった。万が一のためにつけていたGPSを確認すると、息子は師範の車に乗り、他県で行われていた少林寺の全国大会に参加していた。地方予選を二位で通過していたらしい」

「二位！　凄いですね」

「最初は自分も怒る気持ちと共に、こんなに頑張《がんば》れる子だったなんてと少し嬉《うれ》しかったよ。だけどそれは大間違いだった。息子は準々決勝の試合の途中で大きな発作を起こし、意識不明で倒れたんだ」

「えっ……」

「幸いその場に自分がいたから適切な処置をして救急車を呼べたが、結局、半年も入院したし、もし追跡してなかったら、息子はあの場で死んでいたかもしれない。当然、道場は辞めさせて、二度と激しい運動はやるなと烈火のごとく怒った」

病院で意識が戻り、親の顔を見た息子が発した最初の一言が「試合は……？」だったのは本当に腹が立ったし、悲しかった。息子の頭の中には、たった一人の家族である自分が全くいなかった。

「なんとか退院した息子は少林寺こそやらなかったものの、その大会で全国制覇《せいは》をした後、引退したライバルの門下生とつるみ始めた。コイツがどうしようもない悪ガキで、不良達と喧嘩ばかりしていたんだが、息子は一緒になって暴れていたらしい」

急に目の前の子の表情が曇《くも》り始めた。それはそうか、息子を優しい人間だと思っていたから、こんな話は意外だろう。

「警察のご厄介《やっかい》になったこともあったし、暴力団の事務所に同級生と一緒に二人で乗り込んだ、なんて噂《うわさ》も聞いたな。詳《くわ》しくは知らないが、構成員にと誘われて条件が気に食わないから反抗したんだろう、本当に頭を抱《かか》えたよ。高校に入ってくれたのは良かったけど、それもこの悪友と一緒にいたいからだったと後で知った時は、心底呆《あき》れたね」

この頃の息子には、可愛らしさみたいなものが本当に一ミリも無くなってしまった。確かに服は好きだったようだが、水商売の客引きのような黒一色のスーツやジャケット、もしくは虎《とら》や竜《りゅう》が描かれたシャツや、ジャンパーをよく着ていた。明らかに堅気《かたぎ》の人間に見えないから止めろと何度注意したことか。眼鏡も度入りの薄いサングラスに変えていたし。もう見た目は爽《さわ》やかな加瀬亮から、北野《きたの》武《たけし》監督の映画に出てくる加瀬亮と化していた。

「人様に迷惑をかけるようなことをするなと注意したり、息子自身の体調も悪化していたから、頼むから無茶をしないでくれ、と顔を合わすたびに口論になっていたな。発作を抑える注射も定期的に打たないと危ない身体になっていたしね」

「それは知っていました。会っているときも何回かご自分で注射を打たれていたので、病気のこともせいじさんご本人からお聞きしました、今年の二月から入院したことも」

「息子から？」

長いことつるんでいた丸木は息子の病気のことは知っていただろうが、他の不良仲間に自分の病気のことを話せば、羽目《はめ》を外せない、戦力にならないと仲間内から排除されるから、黙っていたのだろう。だから、この子のように全く毒気のない子には本心を喋《しゃべ》ることができたのか。この子は息子に残っていた善意を受け継いでいる。あのメモのことも話してみようか。


「そこまで息子のことを知ってる君なら、わかるかもしれない」

「えっ？」

「息子はね、最後に意識を失う前、メモ紙に何か文字を書いていたんだ」

「文字」

「その途中で吐血《とけつ》して容態が急変してしまった」

「そうだったんですね……」

いたたまれない顔で聞いている。

「メモに書いてあったのは息子の最期の言葉だ。だけどその内容が全く意味不明でね。自分は恥ずかしい話だが、この二年ほど息子とゆっくり話すことが出来なかった、最近まで息子と喋っていた君なら、このメモの意味がわかるんじゃないかと」

「どうでしょうか……そのメモを見ないと何とも」

「十、ＨコＮＷの」

「……はい？」

「今言ったのが息子が持っていた紙に書いてあった文字だ。ただ吐き出した血が紙にこびりついてしまってね、解読出来たのが今の文字だけなんだ」

「すいません、もう一度言ってもらってもいいですか？」

「聞くよりも見てもらった方がいい」

ずっとスーツのポケットに入れていた血だらけの紙を差し出す。改めて見ると、人に見せるには生々し過ぎた。

「いや、やはり止めておこう、君も見て気分のいいものじゃないよな」

「大丈夫です。むしろそんな大切な紙を見せて下さり、ありがとうございます。拝見いたします」

固まった血で破れないように丁寧に開いた。

岡部君は真剣な顔で紙を見つめている。

「十と言ったが、漢数字の十よりは下の棒が長いから西洋の十字架のマーク（✝）かもしれな

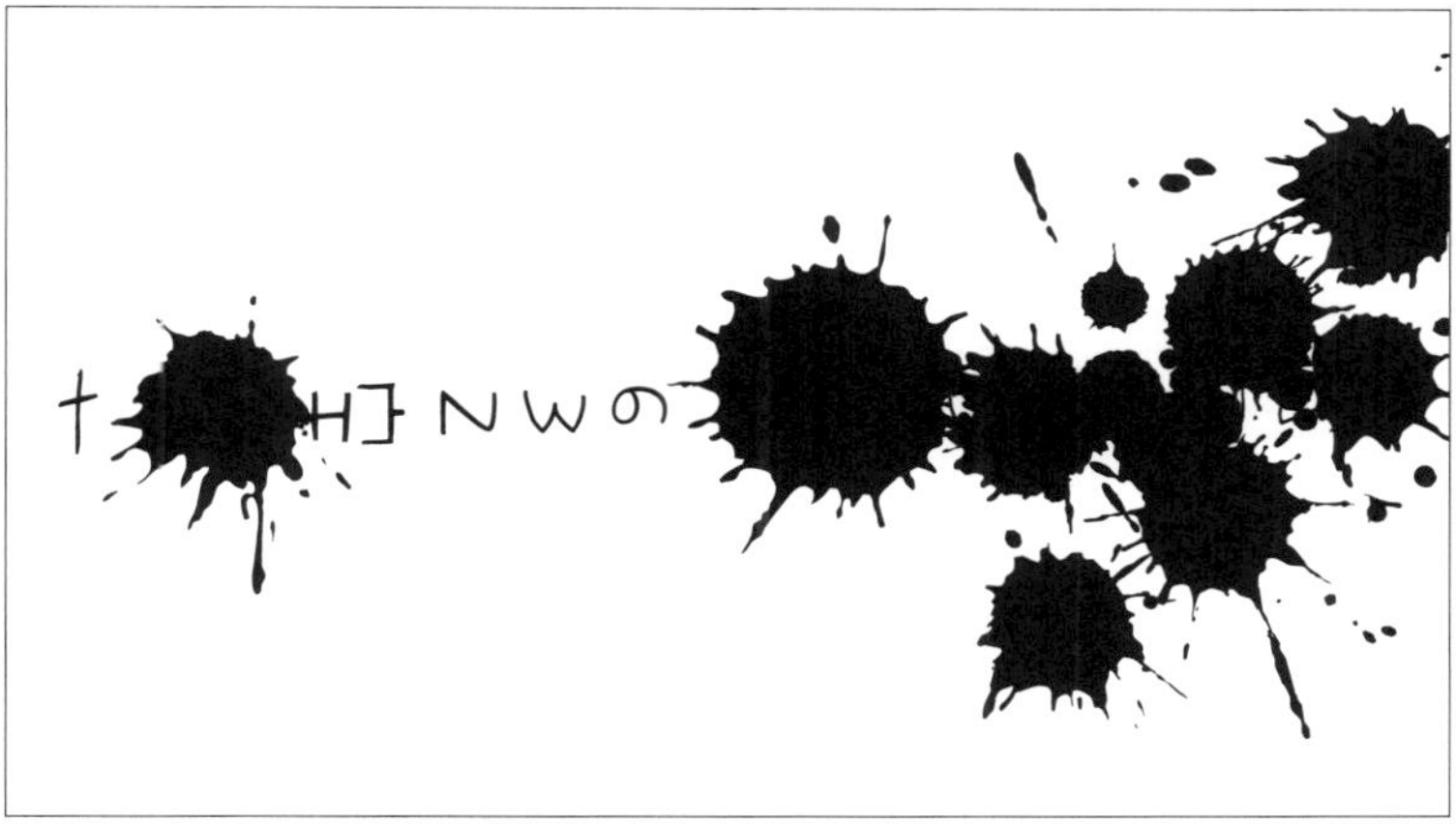

い」

「せいじさんはクリスチャンだったんですか？」

「いいや、そういう訳ではないが……あいつなりに死期を悟《さと》っていたのかと」

「そうなんでしょうか……」

　天井の照明に紙をかざしている。

「何をやってるんだい」

「裏からなら文字が透けていたり、書いた跡が見えるかなと思ったんですけど、ダメですね」

「そうか……やっぱり書いてある文字で判断するしかないのか」

「コの文字も何かはみ出てますね」

「体調も大分悪かったからな、字が震《ふる》えてしまったんだろ。ＨコやＮＷは何かの略なのかな」

「その可能性はありますね。せいじさんと付き合いがあった人とか」

「せいじの知り合いなんて悪ガキばかりで……あっ！」

普段家に帰ると聞いてもない武勇伝《ぶゆうでん》をわざわざ言ってきて自分をイライラさせてたが、その中に可能性を見つけた。

「ヘルコンドルだ」

「ヘルコンドルって暴走族の？」

「そうだ、ヘルコンドルでＨコ……せいじが頭に来て、その族の何人かと喧嘩したって言ってたんだ。確かヘルコンドルはニュースにもなっていたはず。火の玉バイクの連中だろ」

スマホで検索する。ネットニュースでも話題になっていたが、ＳＮＳに上がっていた総長の本名に釘付《くぎづ》けになった。

「岡部君！　沼淵《ぬまぶち》ワク！　ヘルコンドルの総長の名前は沼淵ワクでイニシャルがＮＷだよ！」

息子の残したものが少しでも理解出来た喜びで、久しぶりに大きな声が出た。だがすぐに膨《ふく》らんだ気持ちが萎《しぼ》む。

「せいじのやつ、血も涙もない、とんでもない奴と関わっていたんだな……」

ヘルコンドルにはメンバー同士で殺しあいをしてるという噂もあると、今見たＳＮＳにもあった。何で元々人より死が近いのに、わざわざ自分から近づいていったのか。

「うーん、違う気がします」

「なんだって」

ここまで実態が合致するから、今の予想には自信があった。

「ＮＷが沼淵ワクはまだわかりますよ。でもその方式だったらヘルコンドルもＨＣって書くんじゃないんですか？　Ｈコって略し方を変える意味ありますかね」

「そう言われたら確かに……でもＮＷはあいつの身近だったら、この悪人しか該当《がいとう》しないな」

「御子柴さん、その総長は必ずしも、全ての面が悪人とは限らないです」

「なんだ、変に肩を持って、君も結局、不良側の人間なのか」

不良行為が死期を早めたと思っているので、つい強い口調で責めてしまった。

「違います。もちろんやってる行為はしかるべき罰《ばつ》を受けるべきだと思っていますが、罪を憎《にく》んで人を憎まず、ということです」

「ううむ……」

しっかりとした言葉を、ちゃんと意味も理解してる上で言われると説得されてしまう。自分自身が文章を扱っている仕事だというのもあるが。

「とはいえ、やっぱりこの言葉だけだと中々難しいですね。他に何かせいじさん関連で思い出せることはないですか」

「そうだな……そういえば入院する前、去年の十月ぐらいかな。リビングのテーブルに知らない銀行の通帳があって、なんだろうと思って見てみたら、あいつが作った通帳だったな」

「通帳？」

「中を見たら三十万も入ってた。すぐにこれはなんだ！　と問い詰めたらバイトしてるんだよ、と返してきた。そんなの学生がバイトなんか出来る訳ない、ろくな稼《かせ》ぎ方してないだろと言ったら大喧嘩になってな」

「御子柴さん……そんな言い方しなくても。せいじさん、その時期、ちゃんとバイトやってましたよ」

「そうだったのか……でもやはり当時の自分はその言葉は信じられなかったと思う。現に、何のために稼いでるんだって聞いたら、こう答えたんだ。オレはぶっ飛ぶために金を稼いでるんだって。あぁコイツ、ついに覚せい剤に手を出したか、そこまで落ちぶれたかと悲しくなったよ」

「御子柴さん！　思い出して下さい。せいじさん、本当にそこまで悪い人間でしたか？」

「昔は違ったよ、可愛い子どもだった。でもあいつが、丸木大也が息子をそういう非道な人間にしたんだ！」

ピンポーン。自分の叫《さけ》びに被さってインターホンが間抜けに鳴る。張り詰めた空気の中、室内のカメラを見ると、そこには一番許せない男の顔が映っていた。

「丸木……」

「え？」

「君、ちょっとここで待っててくれ」

ドアを開ける。玄関前に大男が直立不動で待っていた。

「何しに来た」

「おじさん……」

「オレは言ったよな、見舞いにも来るなって。どの面《つら》下げて来たんだよ。結局こうなった。全部お前のせいだよ。お前が、オレから息子を奪《うば》ったんだよ！　なぁ！」

唇《くちびる》を噛みしめている。一丁前に悲しんでるのも見ていて腹立たしい。

「おじさん。本当に申し訳なかった。この通りだ」

地面に膝《ひざ》をつき、土下座をする。そんなことされたところで息子は帰ってこない。

「丸木さん、何で来たんですか⁉」

いつの間にか後ろに岡部君が来ていた。丸木さんだと？

「君、コイツの知り合いだったのか？」

「パシリ、お前、何勝手に走り出して余計なことしてんだよ。オレが自分のケツも拭《ふ》けない奴だと思ってんのか」

「すいません……」

「パシリ？　お前、結局、暴力と脅迫《きょうはく》で人を縛《しば》り付けていたのか。それにウチの息子も巻きこんで、最低のクソガキだな」

「御子柴さん、丸木さんはそんな人じゃ」

「君にも失望したよ。息子の残された善意だと思っていたのに、丸木の手先だったとはな」

「……」

隠していた負い目もあるのか黙《だま》りこんでしまった。

「おじさん、これ。受け取ってほしい」

香典《こうでん》袋を二つ渡してきた。片方の袋は分厚く、二十万は入っているだろう。

「なんだこれは。人から巻きあげた金なんぞ受け取れるか」

「違う、名前を見てくれ」

香典袋の表を見ると、中身が少ない方には丸木大也、分厚い方にはＢＡＲドゥマンと書いてある。それを確認して丸木に叩《たた》き返した。

「ふざけるな！　誰が息子に無理させた道場の師範の金を受け取ると思ってるんだ！」

「えっ……ドゥマンのマスターって、丸木さんとせいじさんの師範だったんですか？」

丸木の代わりに答える。

「そうだよ、ウチの息子とコイツが全国大会に行ったのがピークで、その後は厳し過ぎる稽古がネットに晒《さら》されて問題になってな。道場が潰《つぶ》れたんだよ。そこからうらぶれた路地でＢＡＲを開いたのは知ってた。そこも早く潰れて、野垂《のた》れ死にすればいいのにな。大体、何であいつは直接来ない。こんなガキに香典渡して持ってこさせるなんて、大人として最低だろ」

「あの人は今、インフルエンザで寝込んでるんだ。伝染《うつ》しちゃいけないってことで、オレに銀行振り込みで送ってきた。おじさんの連絡先、繋がらないって聞いたしな」

当たり前だ。あの大会の日以来、謝罪の電話や訪問が何回かあったが、顔を見るのも嫌になり着信拒否にしていた。

「なぁ、おじさん。オレを憎むのは全然構わない。でもこれだけ教えてくれ、せいじのやつが何でおじさんに黙って少林寺の稽古や試合をやってたか、ちゃんと話していたか？」

「あ？」

「その様子だとやっぱりせいじ、喋ってないんだな」

「何の話だ」

「せいじさ、少林寺始める前、ヒョロヒョロだったろ。その時期に実は、家で留守番してる時にストレスで何回も発作起こして病院行ってるんだ」

「なんだと」

「発作の初期症状だとまだ動ける、だけどおじさんは仕事中で事務所にいるから迷惑かけたくない。心配もさせたくない。だから、いつものかかりつけとは違う病院に通っていたんだよ」

初耳だ。自分の仕事は自宅でも出来ることは出来るが、会社員時代のくせが抜けなくて、わざわざ仕事用の事務所を借りて、そこで仕事をしている。いつも大人しく留守番してくれているなと思っていたが……。

「だけど少林寺始めてから、強くなれることが相当楽しかったみたいで、発作の回数が滅茶苦茶減ったらしいんだ。よく言ってたよ、少林寺始めたおかげで、長生き出来そうって。でもぱっと見は厳しい稽古で体に負担があるように思われるから、バレたら辞めさせられちゃうだろうなとも言ってた」

「そんな、嘘だ……お前は自分が許されたくて、そんなデマを言ってるんだ」

「嘘じゃない！　せいじのやつ、こんな話もよくしてた。オレ最後は星になりたいって、それもおじさんに言っといた方がいいと思って、ここに来た」

「うるさい！　星になりたいだと？　ウチの息子が早く死にたがってたとでもいうのか！」

「違う！　そんな感じじゃなくて、もし万が一、自分が早めに死んでも、おじさんを励まし続けたいってその後言ってて、そんな感じだったから、あぁ、なんつったらいいんだ」

「おい、ちゃんと喋れよ！　日本語の出来ないガキだな！　息子がオレを励ましたい？　そんな関係じゃなかったんだよ。口論して、恨《うら》まれて、そうなったのも全部お前のせいだからな！」

「オレのせいにはいくらでもしていいよ。その通りだとオレも思ってるし。だけどせいじのやつは、最後までおじさんのこと凄く尊敬してた。それだけはわかってほしい！」

「黙れ！」

思わず顔面を殴ってしまった。だが構いはしない。コイツが殴り返して来たら、包丁でもなんでも持ち出して殺してやる。だが丸木は目に涙を浮かべて下を向いているだけだった。まぁいい、コイツは息子のことを親友だとほざいていた。その親友を殺した罪の意識を抱えて自ら命を絶つがいい。もしそんなことも出来ないようなら、その時こそ殺してやる。

「二人とも今すぐ帰ってもらおう。息子のメモも返してもらう」

取り返す際にメモを破らないよう、紙を持ってる彼の右手首を強く握《にぎ》る。

「痛《い》った……」

岡部の手からメモが離れて落ちる。

「おじさん！　コイツには手を出さないでくれ！　不良でもなんでもないんだ！」

「知ったことか！」

岡部は右手首を押さえながら、地面に落ちたメモをじっと見つめている。この子を息子の善意だなんて思った自分が恥ずかしい。

「お前らとは二度と喋りたくない、顔も見たくない。とっとと失せろ」

うなだれながら帰ろうとする丸木。ところが岡部はその場から全く動かない。

「おい、早く行けよ」

「御子柴さん、待って下さい」

「パシリ、もういいよ……」

「話聞いてなかったのか、今、お前らとは喋りたくないって言ったよな。まだオレに言い訳するつもりなら、今度は容赦《ようしゃ》しないぞ」

自分の体全身から敵意が出ているのがわかる。

「御子柴さん、言い訳とかじゃないです。今、せいじさんのメモの意味がわかったんです」

「……なんだと」

聞き捨てならない言葉が出てきた。

「パシリ、メモってなんだ」

「せいじさんが意識を失う直前に書いていたものです。十、HコNWの。こう書かれていました」

「十、H、なんだか覚えづらいな。それが何の略かわかったのか」

「いえ、そもそもこのメモ、何のイニシャルでも略でもないんです。そんなこと考える必要が無かった」

「必要が無い？」

思わず口を挟《はさ》んでしまった。

「御子柴さん、僕達はそもそもこのメモを見る向きが違ったんですよ」

「どういうことだ」

「僕達はこのメモを横向きで読んでいた、これだとメモの意味がわからないのは当たり前です。本来このメモは、こういう風に縦に書かれていたんです」

彼が指さした地面のメモは落ちる際、回転して縦になっていた。それを見た瞬間、ずっと眺めていたものと違うメッセージが浮かび上がった。

「６３２……」

「そう。僕と御子柴さんが、ＮＷの、と読んでいた文字は本来は、数字だったんです」

「だけどパシリ、上の方も血で汚れているぞ。この上にも数字や文字が書いてある可能性が」

「もちろんあります。そこで大事なのがここの下の文字。横向きで読んだ時は十、Ｈコに当たる部分です」

「結局、ここの文字は縦になっても良くわからないじゃないか」

「Ｈは片っぽが少し短いからカタカナのエにも見えるな」

「丸木さん、やや惜《お》しいです。ここに何が書かれていたのか。それは、せいじさんの生前の発言によってわかりました」

「息子の？」

「ここに本来書かれるはずだった言葉は、宇宙葬」

「う、宇宙⁇」

丸木が大声で驚いている。

「エの上はうかんむり、エの下の方に血が被って汚れたので、宇という漢字に見えないだけです」

「パシリ、葬の文字はどうしたんだよ。どこにも書かれてないじゃねえか」

「丸木さん、先ほども言った通り、書かれるはずだった言葉です。このメモの一番下にある十字架を横に倒したような文字は、葬のくさかんむりを書く途中でせいじさんが発作を起こしてしまったから最後まで書けなかったんです」

「いい加減にしろ！」

自分の怒号に二人が震えあがった。

「息子はこの後、火葬されて母親と同じ墓に入るんだ。そんな時に宇宙葬だと？　ふざけたこと言うんじゃない！」

「星になりたい」

「え？」

「丸木さん、せいじさんはそういう風に言ってたんですよね？　父親である御子柴さんを励ましたいって」

「あ、あぁ」

「御子柴さん、せいじさんはバイトで貯めたお金を、ぶっ飛ぶために使うと言っていたんですよね」

「それがどうした！」

「昔は本当に優しい子だった、そう仰ってましたね。昔だけじゃない。せいじさんは最期まで心の奥底では優しい人だったんです！　小さい時のせいじさんを思い出して下さい！」

そう言われた瞬間、十三年前、妻が亡くなった後、幼いあの子が自分にかけてくれた言葉が脳裏《のうり》に浮かんだ。まさか……そういうことなのか……。

「お父さん、下向かないで……」

「そう、残された御子柴さんに上を向いて生きてもらうために、そのお金で宇宙にぶっ飛ぶつもりだったんです」

「オレのために」

目の前で急にスマホをいじる岡部。そしてその画面をこちらに見せる。

「今、都内近郊で宇宙葬を行っている会社のホームページを見つけました、遺灰を風船で宇宙に散骨するサービスが三十万円、電話番号の末尾が」

「632……」

最初はあまりにもバカバカしいと思っていたがここまで一致すると、息子が土の下ではなく、空の上を望んでいたのかもと思えてきた……。

「御子柴さん、せいじさんはとても用意周到な方でした、事前に見学の予約とか、問い合わせで自分の名前を残しているかもしれません。こちらにかけてみて下さい」

スマホを渡してきた。だがそこにかける勇気がない。

「出来ない。あいつがオレのことを考えてくれてるなんて、やっぱり思えない。それぐらい、いがみあっていたんだ。きっと最期まで恨んでいたはずだ」

「おじさん！　絶対せいじは自分の名前を伝えてる。あいつ、いつも言ってたんだ、親父が付けてくれたこの名前、読みづらいけど本当にいかしてるから好きなんだって。だから電話かけてくれよ」

思えばこの数年、ずっとすれ違っていた。たった一人の家族として守ってほしいことを最期まで聞いてくれなかった。だが、それは自分も一緒だ。オレの留守中、ストレスで倒れていたなんて知らなかった。息子は、生きたくてこの連中とつるんでいた。余計に父親を恨んだことだろう。いつしか、息子はお父さんと呼ばなくなったし、自分も、おい！　とかバカ息子とか、ろくでなしとか酷《ひど》い呼び名で呼んでいた。そんな父親が付けた名前でも気に入ってくれてたのか？　家の中で眠っている最愛の息子に呼び掛ける。

「理司《せいじ》……」

電話をかける。

〈はい、こちら宇宙葬サービス【ほしぞら】です〉

「あ、すいません。つかぬことをお聞きしますが、そちらに御子柴理司という人物が予約や問い合わせをしていませんか？」

〈失礼ですが、お客様は？〉

「その御子柴理司の父です。理司は昨日、亡くなりました」

〈そうでしたか。少々お待ち下さい〉

保留音が数秒流れ、すぐにまた繋がった。

〈お待たせしました。昨年の十一月、御子柴理司様が当社に見学にいらしています〉

「去年の十一月……」

担当者と代わると、若かったからか、理司のことをよく覚えていて、既にお金を用意していたと話し、実際に風船を飛ばしてるところを見た上で、いつかお願いしたいと言っていたそうだ。

〈お父様、どうされますか？〉

「……遺灰があればいいんですよね」

〈はい、カプセルに入れて飛ばします〉

「わかりました、また後程かけ直します」

〈かしこまりました〉

電話を切る。目の前の二人が不安げにこちらを見る。

「宇宙葬、頼むことにするよ。遺体を火葬した後、この業者にお願いする」

「御子柴さん……」

「おじさん……」

「岡部君、そして丸木、君達二人のおかげで息子の遺志を読み解けた。感謝する」

「あ、あのさ、おじさん。これにサインしてくれないかな」

丸木がバッグから出したものに、自分も岡部君も驚いた。

「丸木さん、それ！『やがて透明《とうめい》になる君へ』……サインって、え？ この人が晴海《はるみ》雄介《ゆうすけ》⁉」

「パシリ、おじさんが小説家なのは大分前にせいじから聞いていたんだ。だけど、なんて名前だったかすっかり忘れててな。読んだら思い出せたんだ。透明になる主人公の名前、ツカサだろ？　せいじが親父のデビュー作に、半分だけ出てるって言ってたんだ。理司の司って、ツカサって読むし、おじさんの名前も、この作者と同じ雄介。これだわ！　と思って持ってきた」

「本当に御子柴さんが、晴海雄介なんですか？」

「あぁ、晴海の方は亡くなった妻の名前、春美《はるみ》から付けたんだ」

「そうだったんですね……そうか、徐々に透明になる難病というのも、せいじさんのことがあって」

「そう、岡部君が当てるのはわかるけど、まさか丸木がわかるとはな。お前は、理司より、本に興味のない奴だと思ってたよ」

「まぁ色々あってさ、おじさんが書いた本だって知らなくて読んだんだ。だけどおじさんの名前を思い出す前から面白かったし、泣けたよ。思い出してからはよりグッときて最後まで一気に読めた」

「ありがとよ」

サインを書いて文庫本を返す。

「ありがとう。なぁおじさん、本当にやけにはならないでくれ。この小説の中には、ほんのちょっとせいじがいた。おじさんが生きてる限り、せいじのことを書いてくれれば、せいじはまだ、この世にいると思うんだ」

「……そうかもな」

自暴自棄《じぼうじき》になっている今、まさか一番恨んでいた人間から励まされて生きる糧を貰《もら》うとは。

……自分自身に苦笑した。だけど、この二人のおかげで真実を知ることが出来て本当に良かった。

「パシリ、今度こそ帰ろう。オレはせいじが伝えたかったこと、おじさんに伝えられて満足だよ」

「わかりました」

「待てよ、丸木」

コイツの、もう一つやりたかったことを叶《かな》えさせることにした。

「家上がっていいぞ。瑆司の顔、見てやってくれ。挨拶したいんだろ」

丸木は振り返り、自分にこれでもかと頭を下げ、数年ぶりに我が家の敷居を跨《また》いだ。和室に入ると眠っている瑆司に話しかけた。

「せいじ、今までありがとう。お前と会えて、お前と戦えて、お前とバカやれて、オレは最高に幸せだったよ」

丸木の目の奥はとても澄んでいた。瑆司が小六の時にウチにゲームをしに来て、チョコビスケットのおやつを出した時に大喜びでお礼を言ってくれた時と同じ目をしていた。

＊

御子柴さんこと晴海先生に会ってから一週間後、僕と丸木さんは風船を飛ばす夜にご一緒させてもらった。通常、バルーン宇宙葬は昼に行うものらしいのだが、せいじさんの「星になりたい」という願いもあって、風船に夜光塗料を施してもらい、僕ら三人で懐中電灯で見失わないように見送ることにした。

外に設置された式場で係の方が準備を終え、カウントを始める。3、2、1。

緑色に光ったせいじさんが空へ浮かんでいく、速さはそうでもない。まるでゆっくり地上の僕らに最後の挨拶をしてくれているかのようだ。

「瑆司！」

初めに呼び掛けたのは晴海先生だった。

「せいじ！　ありがとー！」

「せいじさん！　お世話になりました！」

各々、ふよふよと旅立つせいじさんに声をかける。どんどん上がっていき、やがて見えなくなりそうな頃に晴海先生が大声で叫んだ。

「瑆司ぃー‼　お父さん、お前の分まで頑張るからー！　お前のこと書き続けるからー！　空から、見守ってくれーー!!!」

高度が百キロを超えたところで、係の方がカプセルに付けられた発信機で、せいじさんの遺灰が散開したことを確認する。

「御子柴瑆司さんは今、星となられました」

「……ありがとうございました」

宇宙葬が無事終わり、晴海先生は式場への支払いがあるというので、宇宙葬に呼んでくれたお礼を言い、丸木さんと式場をあとにした。

「いやぁ、良かったな」

「本当ですね」

「緑色の風船だからさ、あいつがシャインマスカットの一粒になって上がっていってるなぁとオレは思ったよ」

こんな時も甘いものの話か、丸木さんらしい。でもせいじさんもそんな丸木さんが好きだった。前に丸木さんに無理やり連れられて、三人でスイーツパラダイスへ行ったのが懐かしい。あれ、凄く楽しかったな。

丸木さんはここ最近、せいじさんのことを人に聞かれると「思い出したくない」と答えていた。ひょっとしたら、入院したせいじさんを顧みない冷たい人間だと思われたかもしれない。だけどあれは、せいじさんを弱らせたのは結局、自分なんじゃないかという負い目があって、その辛さから言っていたんだと思う。今日のお見送りで丸木さんも解放されていれば嬉しい。

「空に向かって叫んだからか喉《のど》が渇《かわ》いたな、コーラ飲みたい」

「あっ、僕買ってきますよ！」

「おう、いつものな」

「はい！」

コンビニでコーラを買い、丸木さんに渡す。僕は麦茶を買った。二人でペットボトルの蓋《ふた》を開け、空のせいじさんに向けて献杯《けんぱい》する。

お互い一口飲んだところで、丸木さんが急にドスの効いた声を出した。

「おいパシリ、オレに謝らなきゃいけないことがあるよな」

今回のせいじさんの件、確かに僕の独断専行だった。

「すいません、勝手に僕だけお通夜に行ってしまって」

「それじゃない」

「すいません！　せいじさんと丸木さんの誤解を解こうと、一人で晴海先生を説得しようとしました」

丸木さんのパシリになってから、丸木さんとせいじさんが色んな困ってる人達を助けたり、悪い人を成敗《せいばい》する場面を何十回も見てきた。僕もあの人達のように、自分の力で何かを解決してみたい。でも僕は彼らのように圧倒的な戦闘力も無ければ人間の器《うつわ》も大きくない。だけど人より少しだけ多く持っている推理力みたいなもので、悪事を暴《あば》いたり、隠された秘密を探り当ててきた。

だけど僕が一人で万事解決出来たのは、常に大人が相手の時だった。万引きしていた警官、生物の森合《もりあい》先生、騒動を隠していた校長先生。ファミレスでお詫《わ》びの仕方を相談された吉益《よします》さんは大人じゃないけど、最後に丸木さんが出した案の方が正しかった気がしている。タケ兄は昔から知ってる身内だしな……やっぱり自分と同じ世代の子ども相手の方が難しい。

前から、大人は年齢を重ねることで社会や規範に囚《とら》われていて、全員単純に見えていた。まるで試験の問題みたいに、どんな風に接するのが正解なのか手に取るようにわかった。今回も大人相手だから解決出来ると高を括《くく》っていた。

てんでダメだった。むしろ大人とは駆《か》け引き出来ないと思ってた丸木さん自身が、おじさんとせいじさんの誤解を解いてるじゃないか。僕はずっと自惚《うぬぼ》れていたんだ。人間は子どもも大人も単純じゃない。そんな当たり前のことにようやく気付いた。よく考えたら推理のヒントは僕じゃなくて、丸木さんがくれたことも多いし、僕一人じゃ何も出来ない。恥ずかしい。

「本当に申し訳ありませんでした!!」

「それじゃない!!」

え?

「このコーラ、いつものじゃない!　ダイエットコーラじゃねえか!」

……今それ?　シリアスな空気出しといて……。

「こんのバカ野郎《やろう》が!　うおおおりゃあ!!」

ペットボトルの蓋を閉め、目にも止まらぬ速さで振った後こちらに向ける。

ブッシャアアアア!!

「ぎゃあああ!」

中のダイエットコーラが勢いよく顔にかかる。顔面がベショベショのベッタベタだ。

「おいパシリ!　オレは子分がやったミスなんて、そんなちんけなこと寝たら忘れるんだよ!　大体この間は久しぶりにあの怖いおじさんに会うし、謝らなきゃいけないし、その後、奇跡的に読んでた本にサイン貰えるしで、ずっとドキドキしてた!　お前のことなんか気にしてない」

「えぇ……」

何か一人でずっと考えこんでいたのがバカバカしくなってきた。一人で解決出来なくて困ったっていい。僕は探偵じゃない、ただのパシリなんだ。それに本当に困ったら助けてくれる番長が目の前にいる。そうですよね、せいじさん。

「お前みたいなパシリが！　オレにしゃばいコーラ飲ませるんじゃない！」

「痛《いだ》っ！」

空のペットボトルで頭を全力で殴られる。あまりの痛さにペットボトルじゃなく金槌《かなづち》かと思った。

「今すぐ買い直せー！」

「はい！」

コンビニに向かって走り出す。あと何回、こうやって丸木さんに言われて走り出すのだろう。何回だっていい。あの人の声で、僕は動き出せる。

さっき強めに殴られた衝撃がまだ頭に残っていた。

目の中で、星がまたたく。

（おわり）

参考文献

・誉田哲也&チーム五社著『誉田哲也が訊く！　警察監修プロフェッショナルの横顔』光文社
・コリン・ビーヴァン著、茂木 健訳『指紋を発見した男――ヘンリー・フォールズと犯罪科学捜査の夜明け』主婦の友社本書は書き下ろし作品です。

〈著者略歴〉

カモシダせぶん

1988年、神奈川県川崎市生まれ。松竹芸能タレントスクール東京校出身。2013年、「松竹お笑いビブリオバトル」で優勝。お笑いコンビ「デンドロビーム」のメンバー。現在、東京都内の書店で働く、現役の書店員芸人。Bibliobattle of the Year 2023新人賞受賞。著書に『書店員芸人〜僕と本屋と本とのホントの話〜【売れてない芸人（金の卵）シリーズ】』（Kindle版）がある。

探偵はパシられる

2024年10月1日　第1版第1刷発行

著　者　　カモシダせぶん
発行者　　永田貴之
発行所　　株式会社PHP研究所
東京本部　〒135-8137　江東区豊洲5-6-52
文化事業部　☎03-3520-9620（編集）
普及部　☎03-3520-9630（販売）
京都本部　〒601-8411　京都市南区西九条北ノ内町11
PHP INTERFACE　https://www.php.co.jp/
組　版　　有限会社エヴリ・シンク
印刷所
製本所　　大日本印刷株式会社

ISBN978-4-569-85745-9